クソゲー悪役令嬢⑥
女子寮崩壊
大災害に巻き込まれたけど、絶対に生き延びてやる！

タカば 著
イラスト 四葉 凪

IZUMI

キャラクター紹介

リリアーナ・ハルバード

本作の主人公。
滅亡ルート回避のために全力ダッシュ！

天城小夜子

病弱ゲーマー少女

フランドール・ミセリコルデ

本作のヒーロー。
愛情激重執着ヤンデレ魔王

セシリア・ラインヘルト

万能の才覚を持つ
乙女ゲームヒロイン聖女

シュゼット・キラウェア

近くて遠い、西の国のお姫様

ユーライア・アシュフォルト

バレバレ身分詐称中の邪神の化身

シルヴァン・クレイモア（元クリスティーヌ）

元はお姫様中身はチンピラ

クリスティーヌ・ハーティア（元シルヴァン）

元は男装の麗人な脳筋お姫様

ケヴィン・モーニングスター

女系家族の末っ子長男

ライラ・リッキネン
大商会のツンデレお嬢様

ジェイド
魔法使いの弟子。癒し系はわわ従者

ディッツ・スコルピオ
頼れるちょい悪イケメン魔法使い

もちお
女神の施設を管理する人工知能

リリアーナ・ハルバード

本作の主人公。滅亡ルート回避のために全力ダッシュ！

王子の婚約者として乙女ゲームに君臨する性格最悪の悪役令嬢……に転生した病弱女子高生。死に際のノリと勢いで滅亡ルートしかないクソゲー世界に飛び込んでしまった。彼女にあるのは、ゲーマーセンスと諦めない心だけ！

破滅を回避しフランと結婚するはずが、王妃の策略でゲーム通り王子と婚約することに。

フランドール・ミセリコルデ

本作のヒーロー。愛情激重執着ヤンデレ魔王

ゲームの攻略対象のひとり。元は真面目な青年だったが、暗殺者に狙われ死にかけたことで腹黒魔王に転身。さらに目の前でリリアーナ奪われたことで愛情激重執着ヤンデレへと密かに超進化。

現在は隣国キラウェアから留学してきたシュゼット姫の世話役として、王立学園に滞在している。

セシリア・ラインヘルト

万能の才覚を持つ乙女ゲームヒロイン聖女

厄災《やくさい》から世界を救う乙女ゲームヒロイン。女神から万能の才覚と成長チートを与えられるも、本人は部屋の隅っこでおとなしくしていたい小動物令嬢。気弱すぎてイマイチ才能を生かしきれていない。

シュゼット・キラウェア

近くて遠い、西の国のお姫様

ハーティア王立学園に留学してきた西の隣国キラウェアの末っ子王女。同じキラウェアから嫁いできたハーティア王妃カーミラの姪にあたる。外交官としてミセリコルデ宰相家との協力関係を

取り付けた。

ユラ・アギト
邪神の化身
ハーティアと敵対する東の隣国アギトの第六王子。女神に敵対する邪神の化身でもある。邪神のしもべとして、ハーティア国内の各地で暗躍している。

シルヴァン・クレイモア（元クリスティーヌ）
元はお姫様中身はチンピラ
ゲームの攻略対象のひとり。政敵から身を守るために性別を偽っていた元女装男子。現在は婚約者と身分を入れ替え、東の国境を守護するクレイモア辺境伯の孫、シルヴァンを名乗っている。

クリスティーヌ・ハーティア（元シルヴァン）
元は男装の麗人な脳筋お姫様
ゲームの攻略対象のひとり。家督《かとく》を守るために性別を偽っていた元男装女子。現在は婚約者と身分を入れ替え、国王の妹、クリスティーヌを名乗っている。趣味は剣術と馬術。

ケヴィン・モーニングスター
女系家族の末っ子長男
ゲームの攻略対象のひとり。誰にでも笑顔を向ける優柔不断だったが、元婚約者たちを巻き込んだ事件を期に決断する勇気を得た。ゲイであることを公表し、婚約者たちとは関係を解消している。

ライラ・リッキネン
大商会のツンデレお嬢様
北部の流通を担うリッキネン商会の長女。ケヴィンの婚約者のひとりだったが、彼がゲイを公表したことにより関係を解消。現在は、一生徒として王立学園で学んでいる。
リリィたちの令嬢らしからぬ行動の数々にツッコミが止まらない。

ジェイド
魔法使いの弟子。癒し系はわわ従者
魔法使いディッツの弟子であり、ゲームの攻略キャラのひとり。リリィに命を救われ以後忠誠を誓う。現在はディッツの元で魔法を学びながらリリィの従者としても修行中。
同僚フィーアと結婚の約束をしていたのだが……。

フィーア
ネコミミアサシンメイド
ネコミミとしっぽをもつ獣人の少女。暗殺者集団に奴隷として飼われていたところを、リリィに救い出される。以後忠誠を誓い、リリィの専属メイド兼護衛として仕えている。元が暗殺者だったため、時々言動がバイオレンス。
同僚ジェイドと結婚の約束をしていたのだが……。

ディッツ・スコルピオ
頼れるちょい悪イケメン魔法使い
リリィの魔法の師匠。薬学医学に精通する優秀な魔法使いだが戦闘力はゼロ。色男、金と力はなかりけりを地で行く。リリィに弟子の命を救われ、以後生涯の忠誠を誓う。

オリヴァー・ハーティア
ハーティア国唯一の王位継承者
ゲームの攻略対象のひとり。王立学園入学者歓迎パーティーでリリアーナに公開プロポーズして、婚約者となった。
リリアーナに淡い恋心を抱いていたが、この縁談が悪意に満ちた策略だったと知りショックを受けている。さらに……。

ヘルムート・ランス
王子の影として付き従う側近
ゲームの攻略対象のひとり。西の国境を守護する名門ランス騎士伯家の次男で、幼いころから王子の従者として仕えてきた。王子の護衛も兼ねている。

もちお
女神の施設を管理する人工知能
女神の力で作られたダンジョンのナビゲーションＡＩ。見た目はちょいぽちゃブサカワ系エキゾチック白猫。セシリアたちを守り導くべく活躍中。

タカば
イラスト　四葉
クソゲー悪役令嬢6
女子寮崩壊
大災害に巻き込まれたけど、
絶対に生き延びてやる!
impress
IZUMI
いずみノベ

悪役令嬢は大災害を生き残りたい

未明の大地震

ごごご……というわずかな地鳴りで、私は目を覚ました。

危険な音だと本能的に感じて、体を起こす。と、同時にどすん！と大きな縦揺れが体をゆさぶる。

なにがなんだかわからないまま、私はベッドにしがみついた。

必死に目をあけると、ベッドどころか部屋全体が揺れている。

クローゼットのドアは勝手にあいて中の服が揺れ、本棚におさめてある本がばさばさと床に落ちてくる。

「地震……！」

前世で何度か体験した災害。

そして現世ではじめて体験する災害だ。

つい数時間前、昨夜遅くまで前世の人格『小夜子』として女神のダンジョンをさまよっていたせいだろう。過去と現在の記憶や感情がごちゃごちゃになって、うまく頭が回らない。

必死に息を整えながら、ベッドの上でひたすら身を守る。

ゆさゆさと建物全体を襲う揺れは、ゆっくりとおさまっていった。

「けっこう……長かったわね」

それに揺れ幅も大きかった。

ここが王立学園女子寮の最上階、四階であることを差し引いても揺れすぎだ。部屋のインテリアはすっかりぐちゃぐちゃになってしまっている。

私は念のため、スリッパではなく靴をはいて廊下に出た。

「ご主人様！」

揺れが収まると同時に部屋から出てきたんだろう。フィーアが真っ青な顔でとんできた。

「お怪我は！」

「ないわ。大丈夫よ」

「建物がこんなふうに揺れるなんて、何事でしょうか？」

「建物じゃなくて、地面そのものが揺れたのよ」

「え……？」

フィーアがきょとんとした顔になった。

ハーティアは大陸の中心部にあり、地盤が安定している地域がほとんどだ。フィーアどころか大半の国民が未体験の災害だろう。私だって、リリアーナとしてははじめてだ。

「リリィ……？　何が起きてるの？」

「ただごとじゃ、ないよな？」

それぞれの部屋から、クリスとシュゼットも顔を出す。朝の鍛錬《たんれん》でもするつもりだったのか、クリスはすでに制服姿だった。

「リリィ様、これって……地震ですよね？」

「よくわかったわね、セシリア」

真っ青な顔のセシリアも顔を出す。彼女も制服姿だけど……これは、早起きして着替えたんじゃないな。襟元《えりもと》がよれよれだ。きっと昨日帰ってきてからパジャマに着替えて眠るだけの余裕がなかったんだろう。よく見ると、目元に濃いクマができている。

セシリアはもじもじと言葉を紡《つむ》いだ。

「カトラスには、火山地帯が……あるので」

「ベティアス山は有名よね」

ハーティア南の沿岸部であるカトラスには、火山に加えて地盤のゆるい地域がそれなりにある。セシリアはこの災害を実体験として知っているんだろう。

「災害、ってことは敵襲じゃないんだな？」

思考が物騒《ぶっそう》なクリスがため息をついて肩を落とす。

そうも言いきれないのがつらいところだ。

私が視線を送ると、セシリアが暗い顔でうつむいた。

「……この災害を起こしたのは、ユラよ」

私が断言すると、セシリア以外の全員の顔が強張《こわば》った。キラウェアの王族として、今のところまだユラの上司にあたるシュゼットが目を丸くする。

「どういう、ことですの？　昨夜、あなた方が夜遅くに帰って来た時に、ユラが裏切ったとは……聞いてましたけど」

「あいつは裏切り者で、アギト国の手先なの。昨日私たちに罠を仕掛けて失敗したから、次の一手として、王宮の地下深くに眠る邪神の封印に手をかけたんだわ。この地震は封印にヒビが入ったせいで起きたものなの」

なぜそんなことがわかる、とは誰も聞かなかった。

ほとんどのメンバーは私が人知を超えた情報源を持っていると知っているからだ。知らないのはシュゼットくらいだけど、彼女もまた私が突然おかしなことを言うのにはもう慣れている。

「だとしたら、これから……」

ギシッ……。

そのまま廊下で話しこもうとした私は、言葉を切る。

嫌な予感がして、ぞっと背筋に悪寒が走った。

「リリィ？」

私の様子を見て、クリスが首をかしげた。

その間にも、嫌な予感はどんどんとふくらんでいく。

「さきほどの揺れで、ご気分を害されたのでしょうか？」

フィーアもこてんと首をかしげる。

違う、そうじゃない。

私が恐ろしいのは、そういうとこじゃない。

私の前世、小夜子だったころは、地震をそう怖いと思ったことはなかった。住んでいたのは内陸部で、生活のほとんどは設備の整った病院だ。少々揺れたところで、ちょっとものが落ちてびっくりするくらい。もちろん、震度六を超えるような巨大地震にまで発展したら大変だけど、幸い私が生きているうちにそこまでは体験しなかった。

しかし、このファンタジー世界の女子寮はどうだろう。

この建物の柱って、木じゃなかったっけ。

壁を支えてるのは、レンガと漆喰《しっくい》だよね。

たぶん、地下深くまで鉄の杭を打ったり、壁に鉄筋が入ってたりしないよね。

つまり、耐震設計なんていっさいされてないよね？

「みんな、急いで建物から出て！　今すぐ！」

「突然どうした？」

「いいから、早く！」

「リリィはいつも急ですわね。待っててくださいまし、今着替えてきますから」

のんきに自室に戻ろうとするシュゼットの寝間着を私はひっつかむ。

「そんな暇ないの。すぐに階段を下りて」

「えええ？」

「女子寮の中庭には目隠しの囲いがあるから、気にしないで！　とにかく出るの。セシリアも行って！」

私はふたりの背中を押して、自分も歩き出す。

もしかしたら、私の心配は杞憂《きゆう》で、ただ怖くなって大騒ぎしてるだけかもしれない。

ただ少し、嫌な音がしたってだけだし。

でもじっとしていられなかった。

友達が建物の下敷きになって潰れるくらいなら、あとで『お騒がせしてごめんなさい』って謝るくらい、どうってことない。

「建物に残ってる生徒を全員避難させるわ。クリス、手伝って！　フィーアは退路の確保！」

「わかりました！」

みしみしという嫌な音を聞きながら、私は階段を下りる。

異常を感じ取ったのか、女子生徒の半分くらいは、不安そうな顔で廊下に出ていた。私は腹の底から声を出して、号令をかける。

「全員、中庭に出なさい！」

シュゼットと同じ、『着替えなきゃ』と思ったのだろう。生徒の何人かが部屋に戻ろうとする。私は彼女たちを引き留めるようにして、言葉を重ねた。

「着替えてはダメ！　物を持ってもダメ！　やってたことは全部中断して、とにかく外に出なさい！」

「外に出ろ！　これは命令だ！」

侯爵令嬢の声に、王妹クリスの声も重なる。

状況がわからなくとも、高貴な者の命令は聞くべき、って思ったんだろう。身分最高位生徒の台詞《せりふ》を聞いた女の子たちはすぐに行動を開始してくれた。

こういう時は、身分制度に感謝だね！

フィーアのように、高位貴族が残っていたら避難しづらい生徒もいる。声をかけながら私も一緒になって階段をおりる。

逃げ方を知らない淑女たちは、途中でコケたりぶつかったりしながら、もたもた階段を下りていく。

ああもう、こんなことなら、避難訓練をカリキュラムに入れるよう提案しておけばよかった！　地震じゃなくたって、火事とか敵襲とか、避難しなくちゃいけないことって多いのに。

『逃げ方を訓練する』なんて、考え自体が存在しないファンタジー世界で理解してもらえたかどうかわかんないけど！

「ご主人様、見てください。女子寮が……！」

外に出て、後ろを振り返った私は、ぞっとした。

女子寮の形がおかしい。明らかに歪んでいる。

「……傾いてる、よな？」

私の隣に立つクリスが、建物の傾きにあわせて首をかしげる。

これは本格的にやばい。

「全員建物から離れて！　学年ごとに整列して、点呼！　姿の見えない子がいないか、確認！」

「はいっ！」

指示を飛ばしていると、女子寮の反対側から人影が走ってきた。

体格のいい男性と、黒いローブを着た女性教師。

女子寮の警護を担当している護衛騎士と、教師に化けたドリーだ。

「リリアーナ！」

「今避難させているところです」

「よくやった」

ドリーが緊張した面持ちでこくりとうなずく。

「残っている者は？」

「それは……」

「リリィ様、ライラがいません！」

「ミセス・メイプルのお姿も……！」

点呼をとっていたらしい女子生徒が、あいついで報告してきた。大事な友達の名前が出てきて、私は女子寮を振り仰ぐ。

「ライラ！」

三階の窓に、人影が見えた。

私の声に反応して、廊下の窓から寝巻姿の女子生徒が外を見る。彼女は、福々しい雰囲気のかわいらしいおばさま、ミセス・メイプルを支えるようにして立っている。

「なにがあったの？」

「残っている子がいないか、確認していたら上からものが落ちてきて……！」

ミセス・メイプルの額に赤いものが見える。

点検中に怪我をして、身動き取れなくなったミセス・メイプルを助けようとして、ライラも身動きが取れなくなってしまったんだろう。

中に入って手を貸すべきか。

護衛騎士が建物に入ろうとした時だった。

べきべきっ！

大きな音がして、建物が傾いた。窓にはまっていたガラスが砕け落ちてくる。中庭に集まっていた女子生徒の間から大きな悲鳴があがった。

「入るのは無理か⁉」

護衛騎士とドリーが顔を見合わせる。

この建物はもう限界だ。

今から階段をのぼっても、彼女たちの元にたどり着く前に潰されてしまう可能性がある。

護衛騎士がライラの立つ窓のすぐ下に駆け寄った。

「飛び降りろ！受け止める！」

「で……でも……！」

ライラがたじろいだ。

それもそうだろう。

彼女がいるのは三階。飛び降りたからって、簡単にキャッチできる高さじゃない。落ち方によっては骨折どころじゃすまないかもしれない。普通に怖い。

でも、ためらっている間にどんどん建物は傾いていく。

「飛ぶんだ！」

「で……でもっ……！」

「行きなさい！」

どこにそんな力があったのか、ミセス・メイプルが立ち上がるとライラの背中を押した。押し出されるようにして、ライラの体が空中に放り出される。

女子生徒の間から悲鳴があがる中、護衛騎士、ドリー、クリスが三人がかりでライラを受け止める。

「ぐっ……！」

彼女たちは一塊《ひとかたまり》になって中庭に転がった。

「うぅ……」

その中心で寝巻姿の少女が体を起こす。見たところ、大きな怪我はなさそうだ。

「ミセス・メイプル！」

私は残る寮母を振り返った。彼女は窓にもたれかかって、荒く息をついている。べきん、とまたどこかで何かが壊れる音がした。ミセス・メイプルも今すぐ飛び降りないと危険だ。

「もう一度……」

「待ってくれ、今ので肩が……！」

無茶な受け止め方をしてしまったんだろう。護衛騎士が左肩を押さえてうめいた。

「私はいいから」

すっかり諦めた表情でミセス・メイプルが力なくほほ笑む。

確かに、ここから階段を下りるのも、飛び降りるのも無理ゲーに見えるけどね？

「そんなのダメよ！」

「リリアーナ？」

この程度で諦めてたら、喧嘩上等侯爵令嬢なんてやってられない。

「飛び降りて、ミセス・メイプル！　私がなんとかする！」

「でも……」

「いいから、早く！」

びしびしびしっ、と今度はミセスメイプルの側の壁に大きなヒビが入った。

もう時間がない。

「受け止める勝算はあるのか？」

隣に並んだ黒いローブの女性教師が声をかけてきた。私はドリーの青い瞳を見返してうなずく。

「怪我しない程度には、なんとか」

「承知した。手を貸せ、フィーア」

私の横を黒い影がふたつ、駆け抜けていく。

フィーアとドリー。

ふたりが女子寮外の壁を蹴るようにして壁面を登る。

彼女たちはミセス・メイプルが立ち尽くしている窓まで到達すると、彼女の体をひっつかんで窓の外に投げ飛ばした。ミセス・メイプルの丸い体が空中に放り出される。

「ええっ……？」

彼女たち自身はその反動を利用してくるりと回転すると、窓枠に着地していた。

身が軽いほうだとは思ってたけど！ ふたりとも、どういう身体能力してるんだよ！

いや、今は驚いてる場合じゃない。

ミセス・メイプルだ。

私は彼女の落下地点に走りこむと、ありったけの魔力を込めて魔法を展開した。

「発動せよ、無重力《ゼロ・グラビティ》！」

女子寮の生徒全員が注目する中、ミセス・メイプルは中庭へと自由落下してくる。

私はありったけの魔力を込めて、彼女を地面へと引き寄せる力に抵抗した。下へと落ちる力とは逆の方向、真上に向けて同種の力を加える。

その力が釣り合った瞬間、ミセス・メイプルの体はふわん、とその場にとどまった。

地面から五センチほどの位置で彼女が一瞬静止する。

「……ぷはっ！」

魔力の限界に達した私が力を抜くと、ミセス・メイプルはどすんと今度こそ地面に着地した。でも、高さ五センチのところから落ちたのと一緒だから、たいした衝撃じゃない。

「あ、あら……？」

「だ……大丈夫……ですよね……」

ぜい、と息をつきながら声をかけると、ミセス・メイプルはびっくりした顔のまま、こくこくとうなずいた。

「ええ、ええ、平気よ、リリアーナ。どうして無事かわからないけど」

「なら……よかった……」

魔力の使い過ぎでくらくらするけど、ミセス・メイプルが生きてるならそれでいい。

私がその場にへたりこんでいると、その後ろでベキッ！と今までで一番大きな音がした。振り返ってみている間に、建物がすごい勢いで傾いていく。ミセス・メイプルを助けるために三階の窓に上がっていたドリーとフィーアも慌ててその場から離れた。

まさに、あっという間っていうのは、こういうことを言うんだと思う。

私たちが見ている前で、入学から今朝まで、一年以上寝起きしていた女子寮の建物はとんでもない量の土埃《つちぼこり》を立てながら、ぺしゃんこに潰れてしまった。

「わぁお……」

それしか言葉が浮かんでこない。

「ありがとう、リリアーナ」

いつのまにか、ミセス・メイプルが私の側にまで移動してきていた。茫然としている私の背中をやさしくなでてくれる。

「私たちが生きているのは、あなたのおかげよ。あなたがすぐに避難を指示したおかげで、女子寮生徒全員が助かったわ」

「いやそんな……」

「そこは、誇るところだと思いますわよ」

寝間着姿のシュゼットもにっこり微笑みかけてくれる。

「私からもお礼を言わせてください。あのまま部屋で着替えていたら、今頃逃げ遅れてましたもの。

ねえ、みなさま？」

シュゼットが視線を送ると、中庭で一塊になっていた女生徒たちがわっと集まってきた。よっぽど怖かったんだろう。泣いている子も多い。

「ありがとうございます、リリアーナ様！」

「わ、わたし……もう少しで二度寝するところで……！」

「わたくしも、化粧品を持ち出そうとしてて！」

「すぐに出なさい、ってリリアーナ様が言って下さらなかったら……あああ、考えるだけでも恐ろしいですわ」

全員地震災害ははじめてだったんだろうなあ。

邪神の封印破壊、なんてことがない限り、ほぼ百パーセント地震なんて起きない土地だし。

「着替えをするな、物を持つなは、いい指示だったな」

うんうん、とクリスもうなずいている。

「どこでそんなやり方を覚えたのか、は聞かないほうがいいんでしょうね、きっと」

「う」

「ミセス・メイプルを受け止めたあの魔法も不思議ですわよねえ……空間に作用する魔法というと風魔法ですけど、風なんて吹いてませんでしたし」

「それも内緒！　手品の種は明かさない主義だから――！」

というか、さっきの魔法は国家機密ですので！

キメ台詞を発動すると、女友達はおとなしく引き下がってくれた。

私はほっと胸をなでおろす。

さっき使ったのは、開発中の『重力魔法』だ。重力を魔力で操る新魔法である。

こういう一般的な属性魔法に縛られない技術は、国家防衛にかかわるからって秘匿《ひとく》するよう、フランはおろか兄様にも宰相閣下にも直接口止めされている。だから部外者、それも他国人のシュゼットには口が裂けてもばらせない。

とはいえ知ったところで重力魔法の模倣《もほう》は難しいんだけどね。

重力を自由自在に操るなんて、我ながらすごい魔法だと思う。しかし、いかんせんまだまだ問題が多い。

第一の問題は使える人間がめちゃくちゃ限られるってこと。

この世界の魔法は、力に対する理解と実感が必要だ。一般的な火をつけるとか風を起こす、といった魔法は自然現象を目にしているぶん、誰でも理解しやすいんだけど、目に見えない力はそうもいかない。

地球が丸いと思ってない、下手したら地面がまったいらで、星は地球を中心に回っている、なんて考えてそうなファンタジー住民に、『万物はお互いに引き合う力を持ってる』とか『私たちは丸い地球の中心に向かって引っ張られてる』なんて解説しても、全然通じないんだよね。

だから、重力魔法自体を発動できる人間がほとんどいない。

開発に関わったディッツとジェイドがうっすら理解している程度だ。

使える人間が少ない、ということは、それだけ研究が進まないってことでもある。理解されず、効率化されてないから、何をやるにしても異常に魔力を消費する。

東の賢者の愛弟子として、十一歳のころから魔法を学んでいる私でも、ミセス・メイプルを一瞬浮かせるのがせいいっぱいだ。災害の現場で連続して同じことを繰り返しやれ、と言われても三人目くらいで魔力が切れて倒れると思う。

六十キロの荷物を浮かせるのに、六十キロの荷物を抱えるのと同じだけ、魔力的なコストがかかるのでは、大きなことはできない。

軽くするのがダメなら重くしてみよう！　と思って過重力をかけて人を止めることも考えてみたんだけど、そっちもうまくいかなかったんだよね。鎧《よろい》を着ている騎士はふだんから重りを持ち歩いてるようなものだからかな？　父様クラスになると瞬間的に二Gとか三Gとかかけても、突破してきちゃうんだよ……。

押さえようにも先にこっちの魔力が尽きて、倒されるのがオチだ。

まったく使えないよりはマシだけど！

もうちょっと楽に知識チートさせてくれてもいいと思うの！

「リリアーナ、気分は悪くなっていませんか？」

重力魔法がどれだけ負担がかかるか知ってるせいだろう。女子生徒たちのお礼合戦が一段落してきたところで、ドリーが声をかけてきた。ローブの上から羽織っていたマントを、私の肩にかけてくれる。

女の姿でも、気遣ってくれる恋人ありがたい。

「ちょっと疲れたけど平気。魔力を使わなければ、すぐに戻ると思う」

「わかりました。体調に違和感をおぼえたら、すぐに報告してください」

そうやってぽんぽん頭をなでてもらえたら、もうそれで疲れがけっこうふっとんでいくけどねー。

「あなたはそう言って、無自覚にやせ我慢するので、信用ならないんですよ」

「むう……とはいえ、のんびりもしてられないし」

私は、女子寮前の門に目をやった。

嫁入り前の女子が寝泊りする建物、ということで寮のまわりには目隠し用の塀と出入りを管理する門がある。その前に何人もの人影があった。

女子寮が崩れたのを見て、心配になったほかの生徒や職員が集まっているんだろう。

彼らの先頭には、見慣れた銀髪の少年たちがいた。

「ヴァン、ケヴィン！」

ドリーと一緒に門に向かうと、そこにいた生徒たちの視線が私たちに集まった。とはいえ、全員と話すわけにもいかないので私たちは銀髪の少年ふたりに声をかける。

「お前ら無事だったか……って、ええと」

「私も無事だ」

私の姿を確認したあと、さらに奥を見ようと視線を上げたヴァンに向かって、クリスが声をかけた。

走ってきて私の隣に並ぶ。

婚約者の無事を確認して、ヴァンはほっと息を吐いた。

ケヴィンが困り顔で私を見る。

「リリィ、そんな格好で出てきていいの？」

「しょうがないじゃない、緊急事態だったんだから」

今の私は寝間着の上からドリーのマントを羽織っているだけの姿だ。本来、侯爵令嬢が男子の前でしていい格好じゃない。

「着替えも何もかも、全部瓦礫《がれき》の下だからな……」

制服姿のクリスが肩をすくめる。彼女が着替えていてくれたのだけが、不幸中の幸いだ。お姫様まで下着姿では、対応に困る。

「女子寮のほうからものすごい音がしたから来てみたんだけど、何が起きたの?」

ケヴィンが首をかしげた。

女子寮は基本的に男子禁制で、さらに中を覗けないよう目隠しの壁と魔法で囲ってある。門前にまで来なければ、中の様子はわからないのだ。

「さっきの地震で、女子寮の建物が全部崩れちゃったのよ」

「あれが? 全部?」

私の報告を聞いて、集まってきていた男性陣は全員ぎょっとした顔になる。

「安心して、すぐに避難したから全員無事よ。そっちの状況は?」

反対にたずねたら、ケヴィンがにこりと柔らかくほほえんだ。

「男子寮は無事だよ。生徒のほとんどは、災害救助方針にそって動いてる」

軍は災害救助も仕事のうちだもんね。まだ学生だけど、騎士科生徒も対処方法を知ってるはずだ。

「ただ……全員の安否確認にはちょっと手間取ってる」

ヴァンが顔をしかめた。

「女子生徒と違って、男子はけっこう融通《ゆうずう》がきくからな。門限無視して研究室に泊りこんでるやつや、夜も明けないうちから鍛錬始めてたやつとかがいて、全員揃わねえんだ」

「それは心配ね……」

「まあ、それでも建物全部が崩れた女子寮よりはマシだ」

「俺たちとしては、すぐにでも女子寮の救助に入りたいところだけど……」

ケヴィンが遠慮がちに視線を私に向けてきた。私は相変わらず、寝間着にマントを羽織っただけの状態だ。

「いきなり男子生徒を入れるのは無理ね。着の身着のままで何も持たずに出てきたから、ほぼ全員寝間着姿なのよ」

淑女のあられもない姿を見た、見ない、であとあと問題になるのは避けたい。

「当面の安全は確保できてるから、まずは避難先と着替えの調達をお願い。男物でもなんでもいいから」

「わかった。用意しよう」

一緒に聞いていた男性教師のひとりがうなずいた。

「あとは……」

「リリアーナ！」

相談していたら崩れた女子寮のほうから、声がかかった。振り向くとミセス・メイプルがこちらにやってくるところだった。誰かに手当してもらったんだろう、さっきまで血を流していた寮母の額には包帯が巻かれていた。

それはいいんだけど。

「あなた、何をやってるんですか」

あれ？ 寮母を怒らせるようなこと、やったっけ？

首をかしげる私を見て、心優しいふっくら寮母、ミセス・メイプルは軽く腰に手をあてた。ぷんぷん、と擬音がつきそうなくらいコミカルな仕草だ。

「淑女が、そんな格好で殿方の前に出てはいけませんよ」

「でも、着替えもありませんし」

恥ずかしいからって女子寮の庭に留まっていても、問題は解決しない。

はあ、とミセス・メイプルはまた大仰《おおぎょう》にため息をついた。

「そう言うと思いましたよ。無事だった倉庫から予備の服を出してきました。こちらを着なさい」

彼女は抱えていた包みのひとつを渡してくれる。中には女子制服が一式入っていた。

着替えがあるのは正直ありがたいけど、今は非常事態だ。

「制服は、体の弱い子を優先してください。私はマントを羽織っていれば動けますから」

「……その格好は、動けるとは言わないでしょう」

返そうとしたら、ドリーが複雑そうな視線を送ってきた。

緊急事態だったから今まで口を挟まなかったけど、着替えられるならそうしてほしいっぽい。

「あなたはこの場で指揮官の立場にあります。目のやり場に困る姿では、人の前に立って指示を出しづらいと思いますよ」

「う……」

「そうよ。まわりを助けたいなら、まずあなたが十分な格好じゃなくちゃ」

ミセス・メイプルにまで言われてしまっては、抵抗できない。

私は受け取った服を両手で抱きしめた。

「わかりました、ありがたく受け取ります。では護衛のフィーアにも制服を用意してもらえますか？」

「そっちはもう渡してあります。今着替えているところですよ」

さすが寮母、私の行動はお見通しらしい。

「リリィが着替えてきたら、責任者で集合して細かい行動方針を決めるか」

「そうね。こういう時ってどこに助けを求めたらいいのかしら」

「通常は王都の正規軍を待つべきだが……」

私たちに説明しながら、教師のひとりが王都方面を振り仰ぐ。と、同時に彼の顔がひきつった。

「おい……あれ……」

彼の視線を追った私たちも、同じものを見て息をのんだ。

王立学園を囲む城壁の先、王都方面の空は真っ黒だった。

暗いとかそういうんじゃない。もうもうと大量の黒煙があがっているんだ。

「あ……」

そこで私は思い出した。

この地震は、王宮地下にある邪神の封印がほどけたのが原因だ。つまり、震源地は王宮。当然王都中心部が一番揺れたはずだ。

王立学園があの揺れでこれ、ってことは、王都は……。

「リリィ様……あれって……」

ふら、と女子生徒のひとりが黒煙を見上げながら、私のそばにやってきた。よれよれの制服を着こんだ明るいストロベリーブロンドの少女、セシリアだ。彼女の顔色は、真っ青を通り越して、紙のように白い。空を見上げる緑の瞳もうつろで、いまいち焦点があってなかった。

「あれは、その……」

説明しようとして、私は言いよどむ。彼女の様子は普通じゃない。こんな状態の彼女にショッキングな現状をそのまま伝えていいものだろうか。

「……私、見てきます！」

彼女はそう宣言するやいなや、門を開けて飛び出していった。

やばい、ひとりで行かせるのは絶対マズい。

「待ちなさい！」

追いかけようとしたら、ぐっと肩を掴まれて止められた。振り向くと、ドリーが眉間に皺《しわ》を寄せたまま、心配そうにこっちを見ている。

そういえば、まだ寝間着姿だったね！

このままじゃ追いかけられませんね！

私があせっていると、すぐにクリスが飛び出していく。

「私が行く！　リリィたちは着替えてから来て！」

「お願い！」

持つべきものは、行動力のある友達だ。いったんクリスの言葉に甘えることにして、私は着替えのために女子寮へと戻ることにした。

惨状

大急ぎで制服に着替えた私は、フィーアを連れて学園を取り囲む城壁へと向かった。元々城塞だった王立学園には、城壁の各所に周囲を見回すための物見やぐらが造られている。セシリアが向かったのは、そのうちのひとつだ。

学園の東側、王都に一番近いやぐらの階段を駆け上る。

屋上に出ると、ストロベリーブロンドをなびかせながら立つ少女の姿があった。その隣には、彼女を風から守るようにして立つ、銀髪の少女の姿もある。

「セシリア、クリス」

声をかけると、クリスだけがこちらを振り向いた。セシリアはまだ、黒煙のあがる都市の方向を食い入るようにして見つめている。

セシリアの隣に立つと、私の目にも王都の惨状がとびこんできた。

黒煙の原因は、やはり火事のようだった。

王都のあちこちで大きな火の手があがり、その中のいくつかは、炎そのものが竜巻のように渦となって吹き上がっている。

「どうして火事が……？　まさか、この機に乗じて王都に敵が？」

遅れてやってきたフィーアが疑問を口にする。私はため息をついた。

「地震火災、ってやつね。地震が起きたのは早朝だったでしょ？　パン屋とか、火を使う商店はもう仕事を始めてただろうから、火の入った竈《かまど》が壊れたりして火事になったんでしょう」

地震が起きたら、次は火事が起きる。

現代日本人がよく耳にする災害知識だけど、地震を体験したことのないファンタジー世界の住民にとっては、理解が追いつかない状況だろう。

「……この地震を起こしたのは、ユラですよね」

ぽつりとセシリアがつぶやいた。

「私が……彼を拒絶したから」

ため息とともに漏れた台詞を聞いて、私はなぜ彼女の様子がおかしかったのかを察した。

「それは違うわ」

セシリアの手を取って、無理やり視線をこちらに向けさせる。

「あなたが考えてることは、だいたいわかるわよ。昨日の一件で、ユラは『乙女の心臓』にも、管制施設にも介入できなくなった。超兵器に手出しができなくなったから、最終手段として封印破壊に踏み切ったんでしょう。まさかこんな早くに切り札を使うとは思わなかったけど」

「だとしたら、やっぱり……」

セシリアはまた俯《うつむ》く。

女神のゲーム知識を持つ者として、私たちはユラが未来に引き起こす悲劇の一部を知っている。だから、何か起きると、その責任の一端が自分にあるのではと思ってしまいがちだ。でも、私もセシリアも、世界の悲劇すべてを背負ってられないし、そんな責任もない。

「だからって、あいつに『乙女の心臓』を渡せないでしょ。あのまま、管制施設をハックさせてたら、もっとひどいことが起きてたわよ」

「そうなん……ですけど……でも、他にやりようがあったんじゃないか、って」

「昨日のアレ以外に、何ができたっていうの」

バグった女神のダンジョンの中で、私たちがとれる行動は限られていた。

あれ以上のことをしろって言われても無理だ。

「管制施設を乗っ取ろうとしてたのはユラ！　封印を壊したのもユラ！　世界を滅ぼそうとしてるのもユラ！　悪いことをしようって決めて、実行したやつが悪いの！」

この事態がセシリアのせいなんかであるもんか。

そう断言しても、セシリアは顔をくしゃくしゃにして涙をこぼす。

「でも……私は……」

ふら、とセシリアの体が傾いた。

糸の切れた人形のように、力なく崩れ落ちていく。

「セシリア！」

間一髪、地面に激突する直前でクリスがその体を受け止めた。

「セシリア！　私の声が聞こえる？　セシリア！」

ぱしぱし、と軽く体を叩いてみても反応がない。完全に意識を失っているようだ。

浅く息をする彼女の額には、脂汗が浮いている。

「リリィ、これって……」

「昨日からストレス続きだったからね。たぶん、キャパオーバーを起こしてるんだと思う」

「ずっと緊張してたからな……」

クリスはセシリアの体に手を回すと背に負う。このまま、安全なところまで運んでくれるつもりなんだろう。

力なくクリスの背によりかかるセシリアの顔を覗き込んでみる。

心労がたたって、セシリアのかわいらしい顔が台無しだ。

きっと今、彼女に必要なのは支えてくれる誰かだ。でも、血のつながった家族はもうすでに亡くなっているし、新しくできた後見人も、彼女のすべてを受け入れてくれるほどの間柄じゃない。転生者としてかなり近い立場にいる私でも、セシリアは頼ろうとしてくれない。

聖女の力の根源は、恋する乙女心だ。

彼女が純粋に誰かを想い頼りにする……恋をすることで救われ、世界も同時に救われるんだと思う。

でもこの状況で、彼女が自発的に心を預けられる相手って、あらわれるんだろうか。

悪役令嬢は超技術を使いたい

救助活動開始

「ヴァン、状況は？」

「まあそれなり」

校舎に戻ると、すでに臨時避難所が設営されていた。制服を着た騎士科生徒たちが、教師の指示に従って、あちこちせわしなく走り回っている。

生徒の中心人物として陣頭指揮をとっていた、ヴァンとケヴィンがこっちを見る。クリスに背負われたセシリアを見て、二人とも顔がこわばった。

「おい……セシリアは」

「大丈夫、怪我はしてないわ。意識がないだけで」

「昨日からいろいろあったからね。疲れちゃったみたいだ」

「……それはしょうがねえな」

裏事情を知っているせいだろう、倒れた原因を聞いてヴァンは息を吐いた。

「救護エリアはどこなの？　セシリアを寝かせてあげたいんだけど」

「ああ、それなら……」

「お嬢様！」

ケヴィンが案内しようとしたタイミングで、ジェイドがこっちに走ってきた。みんな揃いの紺のマントを着ているなか、彼だけは医療関係者であることを示す白いマントを着ている。

彼は学生だけど、医学薬学の権威である東の賢者の一番弟子だ。スキルを考えれば当然の話だろう。

「体に不調はありませんか?」

「私は大丈夫よ。でも、セシリアが倒れてしまったの。診てもらえる?」

「かしこまりました」

ジェイドはクリスからセシリアを受けとると、優しく抱き上げた。顔色と呼吸を確認してから、婚約者にも目を向ける。

「フィーアの体調は?」

「お気遣いなく、ジェイド様」

「……」

にこり、と貼り付けたような笑顔を向けられてジェイドは沈黙した。

そういえばこっちはこっちで、こじれてたんだっけ。

女神のダンジョンに接触し超技術でＤＮＡ鑑定した結果、ジェイドが実はダガー伯爵家の最後の生き残りであることが判明していた。ただ貴族の血を引くだけならともかく、ジェイドの生家は断絶したはずの勇士七家、ダガーである。邪神の復活が明らかになった今、ジェイドには当主として立つことが強く求められるだろう。

それだけでも一大事だというのに、話を聞いたフィーアが婚約契約の解消を主張しだしたのだ。

いわく、『私のような獣人の庶民は貴族のジェイド様にはふさわしくありません』だそうだ。

確かにジェイドとフィーアの婚約は、もともとお互いの縁談よけのカモフラ婚約。そのまま結婚するにしろ、ふたりそろって私に仕え続けることが前提の話だったけどね？

ジェイドにとっては、それだけじゃなかったんじゃないかなあ……？

フィーアに『ダガー伯爵になればいい』って言われた時に見せたあの絶望顔は、たぶんそういうことだと思う。

ジェイドがダガー伯爵家を本当に継ぐかどうかはいったん棚上げ中だけど、彼らの婚約問題はこじれにこじれて別れ話に発展している。

間に挟まれた主の私は非常に居心地が悪い。

重い空気に耐えきれなくなって、別の話題をジェイドに振った。

「救護所の状況は？」

「校医と医療研究者が中心になって、怪我人や具合の悪くなった生徒を診ています。師匠も一緒に働いてますよ。……ボクはお嬢様と一緒に行動することもできますが」

「今はいいわ。ふたりとも救護に集中しててちょうだい」

「かしこまりました。必要な時には呼んでください」

ぺこりと頭を下げると、セシリアを抱いてジェイドは去っていった。微妙な空気の板挟みになっていた私はこっそり胸をなでおろす。どっちも大事な部下だけど心臓に悪いよ！

「とりあえず、セシリアの安全は確保ね。女子寮のみんなは？」

たずねられて、ケヴィンが柔らかく答える。

「さっき予備の服を配布して大講堂に移したところだよ。瓦礫から私物を掘り出すのは、もっと落ち着いてからだね」

「当面の生活必需品は、男子寮や他のところから引っ張ってくるしかねえな。……王都の様子はどうだった？」

　ヴァンに話をふられて、クリスが軽く首をふる。

「あちこちで大きな火事が起きてた。あっちからの救援はアテにしないほうがいい」

「市民の保護が先だろうからな……わかった。とにかく学園内でどうにかしよう」

「男子生徒の点呼はどうなったの？　連絡がつかない生徒がいるって言ってたけど」

　都市計画なんか考えずに作った王立学園には、雑に建てられた建物も多い。人知れず瓦礫の下敷きになってる生徒がいてもおかしくはない。

　きいてみたら、ヴァンは嫌そうな顔になった。

「今一番の問題はそれだな」

「うん？」

「おい、あいつら見つかったか？」

　ヴァンが生徒のひとりに声をかける。たずねられた生徒はぶんぶんと首を左右に振った。

「ジャスティンたちが捜してますが、見つかったという報告はありません」

「そうか、ご苦労」

「誰がいないの？」

　嫌な予感がする。

　避難所の設置や救助など、今はひとりでも人手が必要な状況だ。そんななか、わざわざ人員を割いてまで探さなきゃいけない生徒は限られている。

「キラウェアからの留学生ユラと……それから、オリヴァー王子、ヘルムートが見つかってない」

　学園で一番高貴な身分の王子様が行方不明とか、それ一番ダメなやつじゃないの！

行方不明者

「ユラは逃亡者として扱います」

ヴァンやクリスたちの近くで、キラウェアからの留学生たちを取りまとめていたシュゼットは、きっぱりそう言い切った。

「えええええ、いきなりその決定でいいの？」

「かまいませんわ。戻ってくる可能性はほぼゼロなんでしょう？」

「まあ……そうなんだけど」

昨日私たちが女子寮に帰ってきた時点で、非公式に『ユラがハーティアの国宝を奪取しようとして、失敗したあげくに逃亡した』と報告されていたお姫様は、冷徹な判断を下す。

「昨日の件はまだ正式に届け出されておりませんが」

留学生と女子生徒の面倒を見るため、彼女のそばにいたドリーがたずねた。

「国外での活動ということもあり、キラウェア留学生には『いついかなる時でも所在を明らかにすること。点呼に応じなかった場合は逃亡とみなす』というルールがあるのです。今回はこれを適用しましょう」

シュゼットがそう宣言すると、側にいた留学生たちはいっせいにうなずいた。

「単なる行方不明者として放置して、のちのち舞い戻られたほうが面倒ですわ。キラウェア生徒のフリをして、変なところに入り込まれたら困りますもの」

「ありがとう、正直助かるわ」

「お気になさらず、彼の愚行は私たちにとっても不利益になりますもの。……あとは王子たちですわね」

シュゼットがため息をつき、ドリーが眉間《みけん》に皺を寄せる。私も一緒になってため息をついてしまった。

突発的な災害時には決まって行方不明者が出るものだけど、今回は一番いなくなっては困る人物の所在がわからなくなっていた。

この国唯一の王子、オリヴァーがどこにもいないのである。

「怪我人の救助のこともあるし、だいたいの場所は探したんだけどな……一向に見つからねえんだ」

ドリーとフィーアを連れて、ヴァンたちのところに戻ると、ヴァンも同じようにため息をついた。横でクリスも首をかしげている。

「何か手がかりはないの？」

そう聞くと、ヴァンはまた首を振った。

「お前らがセシリアを追ってた間に聞き込みをしてみたが、さっぱり。今朝はやくに、制服を着て寮から出て行ったたってとこまではわかってるんだが」

「まさかユラに誘拐されたとか……」

ケヴィンが心配そうな顔になる。

普通の王族だったら、ありうる話なんだけど。

「その可能性は低いでしょう。意味がありません」

ドリーが即答する。

王子の裏事情を知っている私たちは、そろって沈黙した。

「……だよなー」

「彼がいなくなっても実は困らない、と私たちが知っている……ということを、ユラもまたわかっているはずです」

「だったら、どうしてあいつはいないんだ！」

ガリガリ、とヴァンが頭をかく。

その気持ちはわかる。

欠点の多々ある王子様だけど、さすがに自分の責任は理解している。災害時に姿を消せば、どれだけまわりが混乱するかわかっているはずだ。だから、わざと身を隠すようなことは絶対しない。

だとすれば、不測の事態で身動きがとれなくなっている、と考えたほうがいいだろう。

「結局人海戦術で探すしかねえのかよ？　この忙しい時に！」

「うちのジェイドに魔力を探知させるって手もあるけど、今は救命作業に集中させたいのよね」

「……そもそも、現状では探索精度がかなり落ちると思いますよ。あちこちでふだん使われないような魔法を使っていますから」

婚約者フィーアが付け加えた。婚約どうこうがなければ、お互いを理解してて、最強従者コンビなんだよなあ、ふたりとも。

「空飛ぶ使い魔とか、持ってるやついなかったか？」

ヴァンにたずねられて、ドリーが眉間に皺を寄せる。

「今年の生徒の中にはいませんね」

「確かに空から探せたら楽だけど……あ」

空から、という言葉がひっかかって、私はそこで言葉を切った。ドリーがこちらを振り向く。

「何か思いつきましたか？」

「開かずの図書室が使えるかも」

隠し部屋の名前を出すと、その場にいた全員の顔つきが変わった。

「アレは管制施設。つまり、周囲の情報を集めて支援するためのものなの。観測に必要な機能があるはずよ」

「行ってみましょう」

私たちは、うなずきあった。

ドミノ倒し

図書室は、大変なことになっていた。

「うわあ……」

あまりの惨状に思わず声が出てしまう。

地震のニュースで、棚から本が落ちる映像は何度か見たことがある。でも、目の前の光景はそれ以上だった。本棚から投げ出された本が床一面に広がり、さらにその上に本棚そのものが倒れていた。しかも倒れてるのはひとつだけじゃない。倒れた本棚が隣の本棚を倒し、倒された本棚がさらに隣を……と連鎖的に倒れて、絵にかいたようなドミノ倒し状態になっていた。

ここは地震大国日本じゃないからなあ。

本棚を床に固定したり、天井につっぱり棒を渡したりしてないから、倒れ放題だ。床固定はともかく、つっぱり棒のついてるファンタジー世界図書館とか、ちょっとダサいけど。

製紙技術はあっても、まだ印刷技術が存在しないこの世界で本は貴重品である。食べ物みたいに潰れたら再起不能ってわけじゃないけど、この量の本がぐしゃぐしゃになっているのは心が痛む。

「もったいないなあ」

「のんきなこと言ってる場合じゃないぞ」

ヴァンが嫌そうに顔をしかめた。

「え？」

「だって、俺たちの目的地ってこの図書室の一番奥だよね？」

ケヴィンも困り顔で苦笑する。

隠し部屋の入り口があるのは、図書室の一番奥、古い歴史書のあるコーナーだ。つまり、この広い図書室いっぱいに広がった本の海をかき分けていかなきゃたどり着けない場所なわけで。

「細かい本の整理は後回しだな。とにかく、奥まで行ってみよう」

思い切りのいいクリスが、先頭をきって歩き出した。あわてて私たちもその後につづく。とにかく、道をふさいでいる本棚をどけて、道を確保しなくちゃいけない。本棚そのものをヴァンとケヴィンが担当する中、私たちは落ちている本を拾って、邪魔にならない場所へと積み上げた。

「フィーア、これお願い」

「かしこまりました」

この場には、隠し部屋の事情を知るメンバーということで、ヴァン、ケヴィン、クリスに加えて、ドリーとフィーアもいる。特別室メンバーがそろって離席するのはどうかと思ったけど、むしろいい判断だったみたいだ。フィーアとふたりだけだったら、絶対隠し部屋までたどりつけなかった自信がある。

「なあ、あんたどうせシュゼットの世話役って肩書きもあるし、リリィとふたりきりにさえならなきゃいいんだろ？手伝うなら男に戻ってやってくれよ」

何個かめの本棚を移動させたところで、ヴァンがドリーに声をかけた。

そういえばそうだった。ドリーは元々薬の力で変身したフランだ。災害現場では馬力の出せる男の姿のほうが都合がいいはず。力仕事を嫌がるタイプじゃないのに、どうしたんだろう。

ドリーは本を積み上げながら、嫌そうに眉間に皺を寄せた。

「今は男に戻れない。クールタイム中だ」

「あー……あれかぁー」

「うん？　何それ」

ヴァンが納得する横で、ケヴィンがきょとんとした顔になった。何度か薬を飲んだことのあるヴァンと違って、ケヴィンは詳しい使い方までは知らないもんね。

「性別変更薬は、連続使用できないのよ。短時間で何度も変身してたら、体に大きな負担がかかるから」

「昨日の夜、リリィたちを女子寮に送り届けるのに変身して、その後男に戻って……今朝クールタイムぎりぎりで女に化けたところだったんだ。あと数時間はこのままでいないと、体がもたん」

「ぶっ倒れるよりは、まだ女の格好で動いてたほうがマシ、か。わかった」

「悪いな」

「いいって、昨日帰る前にクリスを引き留めて、あんたに護衛やらせたのは俺だし」

「……私がご主人様たちについていられればよかったのですがね」

本を積みながらフィーアがぼそっともらす。

実はこのふたり、ダンジョンを出たあとそれぞれ婚約者と話すことがあるからって別行動してたんだよね。

「いいいいいや、あれは気にしなくていいからね！　いきなり地震が起きるなんて、誰も予想つかないから！」

「あの男が素直に伯爵家を継いでいれば済んだ話です。まったく面倒な……」

ねえ、本当にきみたちどれだけ感情こじらせてるの？

主人としてめちゃくちゃ心配よ？

「隠し部屋のドアが見えたぞ！」

本棚を動かしていたヴァンが声をあげた。見ると、古い本ばかりが並んだ、見覚えのある本棚の姿がある。さすがに奥が隠し通路になっている棚は壁にがっちり固定されているようで、そこだけ様子が変わっていなかった。

「こっちの本棚もどけて……」

「スイッチを押すわよ」

目印になっている本を押し込む。でてきたドアにパスワードを入力して、ドアを開けてみたら……

「え？」

なぜか、扉の奥から王子様が出てきた。

輝くような豪華な金髪に、澄んだエメラルドグリーンの瞳の美少年。そして、後ろに控えているのは、騎士然としたアッシュブラウンの髪の少年だ。間違いない、オリヴァー王子と側近のヘルムートだ。

「リリアーナ嬢？……それに、ヴァンとケヴィンも」

隠し扉から出てきた少年は、ぱちぱちと目を瞬かせた。

私も心の中でだけ絶叫する。

ええええええ何これ、何なの。

これどういう状況？

王子様を探すために隠し部屋に来たら、隠し部屋の中から王子様が出てきたんだけど？

「お前ら、なんでこんなとこにいるんだよ」

私が口を開く前に、ヴァンが疑問を投げかけた。

それを聞いて、ヘルムートの眉が吊り上がる。

「それはお前らが……っ！」

声をあげる従者を遮《さえぎ》るようにして、主が質問に答えた。

「昨日、君たちが図書室で何かしてたのが気になってね。今朝早くから調べてたんだ」

「わ……私たちは何も……！」

隠し部屋を開ける前は、ちゃんと人払いをしていた。入るところを見ていた生徒はいなかったはず。

私の反応を見て、王子は苦笑した。

「直接ここを開ける現場を見なくても、わかることはある。あんなに大騒ぎしながら図書室に入ってきたのに、突然気配が消えたら気になるよ」

「あ……」

確かに言われてみればそうだけど！

まさか、そこまで観察されてるとは思わなかったよ！

あの時は緊急事態だったとはいえ、我ながらウカツすぎる。

「隠し部屋に入ったはいいけど、ちょうど中に入ってる時に地震が起きて、出られなくなってたんだね」

ケヴィンがそこら中で倒れている本棚を見て言った。さっきまで、隠し扉の前は本棚が倒れかかっていた。こんな状態じゃ開けるに開けられない。その上、秘密を守るために隠し部屋には防音処理がされている。大声で叫んでも、見つけてもらえなかったんだろう。

「俺たちのことはいい。そもそもお前ら、こんなところで何をしてた？」

じろり、とヘルムートがこちらをにらむ。王子たちの立場からしたら、こんな隠し部屋にこもってたなんて、不審以外何者でもないよねー。

しかし、ヴァンは平然とヘルムートをにらみ返した。

「俺たちも、昨日偶然ココを見つけたとこなんだよ。何か利用できるようなものはないかって調べてたら、けっこう時間がたってたってだけで。お前らのほうこそ、中で何か見つけなかったか？」

「おま……」

反論しようとした従者を、また王子が止める。

「いや、何も」

「あそこには大きな鏡がひとつだけだっただろう。銀色なのに、こちらを映さないのが不気味で、手も触れなかったよ」

「俺らも似たようなものだな。さんざん調べ回ったが、鏡以外見つからなかった。……とんだ骨折り損だ」

本当は見つからなかったどころの話じゃないんだけど、バレたらただじゃすまない。私はじっと押し黙ってふたりのやりとりを見守る。

「王立学園には、王宮同様古代の遺物があるとは聞いていたが、こんな肩透かしもあるんだな。それで……今外はどうなってる？」

「大騒ぎだ。図書室の惨状を見てもわかる通り、地震で学園どころか王都のまわりはぐっちゃぐちゃだ。特に女子寮は建物全部が倒壊してる」

「女子寮が？」

ぎょっとして王子は私を見た。私はことさら平気そうな顔でにっこりとほほ笑む。

「すぐに避難したから、全員無事よ。私物が全部瓦礫の下になって、不便なだけ」

「……そうか、よかった」

「それで、避難所を作りつつ生徒の安否確認をしてたんだけどよ……」

そこまでで、ヴァンの言いたいことは伝わったらしい。王子はこくりとうなずいた。

「王子の俺が行方不明で、騒ぎになったと」

「念のため、図書室を調べに来てよかったよ。隠し部屋の中じゃ他の生徒には見つけられないからね」

にこ、とケヴィンが微笑みかける。

ここに来たのは偶然だけど、そういうことにさせてもらおう。王子様相手に管制施設がどーのとか、詳しい話はできない。

「……状況はわかった、すぐに避難所に合流しよう」

「俺が案内するよ。詳しい状況も歩きながら共有しよう」

ケヴィンが本をよけて作った通り道に立つ。王子とヘルムートはそれに従って歩き始めようとして……そこで足を止めた。

「うん？　リリアーナ嬢たちは？　行かないのか？」

そこは気づかず行ってほしかったかなあ!!

私たちを心配そうに振り返る王子に向かって、ヴァンはひらひらと手を振った。

「俺たちは、すでに安否確認されてっからな。残ってここの後始末してから行く。変な鏡しかねえっていっても、隠し部屋を一般生徒に見せるわけにいかねえだろ」

「だったら俺も……」

戻ろうとした王子を、ケヴィンが慌てて引き留める。

「君が戻らないと、生徒の捜索が終わらないよ。今は一秒でも早く本部に合流して、全員救助活動に集中させてあげないと」

「わ、わかった」

「行こう！」

王子たちが去っていくのを見送り、彼らが図書室を出たのを確認してから、私は大きなため息をついた。

「あ～びっくりした……」

「まさか隠し部屋の中から、王子が出てくるとは思わなかったな」

下手にしゃべるとボロが出ると思ってたんだろう、ずっと黙りこくっていたクリスが口を開く。

「隠し部屋については、図書室への出入りも含めて偽装する必要があるな」

本棚の陰から、ドリーが顔を出す。彼女に至っては王子たちと話す間、完全にその姿を消していた。

勇士七家の末裔とその従者はともかく、一介の女性教師が隠し部屋の秘密にかかわっているなんて、王子たちに気づかれるわけにはいかないからだ。

「ふだんは図書の貸し出しを装えばある程度ごまかせるが、災害で混乱している中、わざわざこんなところに足を運んでいては目を引いてしまう」

「今回は鏡しかみつけられなかったみてえだけど、それ以上のことに感づかれたら面倒だよな」

「……本当に、それだけなのでしょうか」

フィーアが訝《いぶか》し気に王子たちが去っていった方向を見やる。

「だと思うわ。元は王族か勇士七家の末裔なら入室可能な設定だったけど、昨日ダンジョンを脱出した時点で、私かセシリアの許可した人間じゃないとアクセスできないよう変更しておいたから」

触れたところで得られるものなど何もない。変な鏡があるだけだ。王子はそもそも接近すらしなかったようだし。

「ここしか出入口がないってのが一番の問題だよな。何かいい手はないのかよ？」

ヴァンに話を振られて、私は首を振る。

「そこまではわかんない。中に入ってもちおに直接たずねたほうがいいと思うわよ」

「わかった、ちょっと行ってくる」

ヴァンが隠し部屋へ続く階段を下り始めた。本当に管理ＡＩもちおに会いにいくんだろう。

「フィーア、この場所を軽く隠して見張りをお願い」

「かしこまりました。お気をつけて」

護衛に指示を出してから、私たちも階段を下りる。王子が見つかったから、捜索自体は必要なくなったけど、それ以外にも、やってほしいことはたくさんある。

魔法の鏡にアクセスして、仮想空間にログインすると、昨日とは別の場所に通された。

薄暗いダンジョンではない。広くて明るい、大きなお屋敷の玄関ホールのような場所だった。普通のお屋敷と違うのは、壁一面にデザイン違いのドアがずらりといくつも並んでいることだろう。

「また、変なところに出たな。これもバグってやつか？」

私の後に入ってきたクリスがきょろきょろと周囲を見回す。先にログインしていたヴァンも、物珍しそうにあたりを観察していた。

「これが正しい処理よ」

「ユーザーは、まずこのロビーを訪れていただく仕様となっています」

私たちが入ってきたのを知って、ブサカワ系ぽっちゃり白猫が姿をあらわした。

「目的ごとに、対応する扉にアクセスすると、専用ルームに遷移《せんい》します」

「なるほど、この奇妙なドアは目的をわかりやすくするためのアイコンなのか」

最後に聞き慣れた低い声がロビーに響いた。

「えっ……？」

振り向くと、男の姿のままドリーのローブを着たフランが立っていた。

「フラン？　その格好大丈夫なの？！」

私たちはぎょっとしてフランを見た。フラン自身も変化に驚いたみたいで、自分の体をしげしげと見降ろしている。

「特に不調は感じられないが……もちお、俺はログイン前女性の姿だったはずだ。男になっているのはなぜだ？」

「ユーザーはこちらのインターフェイスへ、肉体によらず魂だけでアクセスしています。アバターは体の状態にかかわらず、システムに認識されている姿で表示されます」

「なるほど、俺の魂が男として登録されているからか」

「これはこれで不思議ね」

しばらくこっちの姿は見られないと思ってたから、ちょっと嬉しいけど。

「リリィも他人事じゃないだろう。こっちで見る姿はやっぱりちょっと大人みたいだ」

クリスが苦笑する。

そういえば、私自身『フランの女』として登録されてたんだった。おかげで表示アバターはフランと釣り合いの取れる二十代バージョンだ。

「このフランはあくまでアバターだから本体に影響はない、ってことでいいのかしら」

「はい。あ、……いいえ、少々お待ちください」

もちおは不穏なことを言って、急に動きを止めた。

不自然な硬直の裏で、何かを処理しているっぽい。頭の上に「Ｎｏｗｌｏａｄｉｎｇ」とかキャプションが出そうな風情だ。

「もちお？」

その不気味な沈黙やめてくれませんか？　嫌な予感しかしないんだけど。

三十秒ほどの停止のあと、もちおは申し訳なさそうに頭をさげた。

「……お待たせいたしました。申し訳ございません、肉体保存処理の都合で、強制的に魔法薬の効果を解除しておりました」

「え」

強制解除って何だ。

「俺の体を男に戻したのか？」

さっとフランの顔色が変わる。

彼はこの非常時にも関わらず『あと数時間は戻れない』って言ってた。つまりそれだけ副作用が深刻だったってことだ。東の賢者の弟子として、私もそれがどれぐらい危険かは理解している。

下手したら、フランの体は……！

私たちの剣幕《けんまく》に驚いたのか、白猫はあわあわと前脚をあげる。

「大丈夫です、落ち着いてください。肉体の変質解除は、こちらの処理機能で行いましたので、ダメージはありません。……念のため、二十四時間は性別を変えないほうがよいと思われますが」

「負担はないのね？」

「はい」

「だったら最初からそう言いなさいよっ！　もおおおおお、驚かさないで！」

「申し訳ありません！」

心臓に悪い白猫は全力もふもふの刑に処してやる！　どうせ本物の猫じゃないから、乱暴になでても問題ない。虐待される猫は存在しないのだ。

「まあ、かえって都合がいいんじゃねえか？　今は男のほうが動きやすいだろうし」

「その意見には同意だが、ひとつ問題があるな」

「副作用なしで変身解除してるんなら、それでいいだろ」

フランは苦笑しながら自分の服をつまむ。

「世話役フランが、女教師ドリーのローブを着てたら変だろ」

「あ」

性別変更薬はあくまでも肉体に作用する魔法だから、衣装はそのままだったね！

ゆったりとしたユニセックスなデザインのローブだったから違和感がなかったけど、彼が着ているのは明らかに女性教師ドリーの服である。

「特に今日は、この格好で女子寮や避難所を歩き回ってたものね。すぐに同じだってわかっちゃうか」

生徒と違って、教師たちは全員私服だ。関係ないはずの彼らがまったく同じ服を着ているのは、あきらかにおかしい。

「変装バレのリスクは避けたい。できれば着替えたいが……」

「ディッツの研究室まで、こっそり移動するのも危険よね」

「研究室には着替えがあるんだな？」

話を聞いていたヴァンが口をはさんだ。フランがうなずく。

「だったら、フィーアに取りにいかせればいいんじゃないか。あいつなら、人目を避けて行って帰ってくるくらい、できるだろ」

「あ、そっか」

フィーアは隠密特化型の護衛だ。

黒猫に変身できる『ユニークギフト』も併用すれば、誰にも気づかれずに服一式持ってくるくらい朝飯前だ。

クリスがさっと踵《きびす》を返して、出入口に向かう。

「だったら、私が知らせてこよう。フィーアが服を取りにいってるあいだ、代わりの見張りも必要だろうし」

「ありがとう、クリス！」

「システムがどう、とか細かいことを考えるよりは、敵を警戒するほうが楽だからな。気にするな」

仮にもお姫様を見張りに立たせるってどうなの、とは思うが、能力を考えたらこれが適材適所だ。ここは素直に頼っておこう。

彼女がログアウトしていったのを見届けてから、私たちは改めてもちおに向き直った。

「さて……フランの姿が変わってたから前後しちゃったけど、ここに来たのはもちおにお願いがあるからなの。外で大きな地震があったのは、知ってるわね？」

「はい、認識しています」

「被害状況を詳しく知りたいの、使える機能を提案して」

「かしこまりました。では、オペレーションルームにお入りください」

もちおが言うと、ずらりと並ぶ扉のうちのひとつ、いかめしいデザインの扉がぼんやりと光った。

扉の前にも、『指令室』と文字が浮かび上がっている。

演出がいちいちゲームっぽい。運命の女神の趣味だろうか。

「こっちに入ればいいんだな？」

ヴァンがさっそくドアを開けて入っていく。私たちもあわてて後を追った。

中に入るなり、私は思わず足を止めてしまう。

そこはファンタジー世界風の会議室だった。内装は落ち着いたシンプルなデザインで、中央に十人くらいで囲んで座れる長机が据《す》えられている。

「えええ、何これ」

びっくりしている私を見て、ヴァンとフランが怪訝《けげん》そうな顔になる。

「何って、いかにもな作戦指令室だろ」

「王宮の騎士団作戦室も、似たような内装だが」

「いやだって、オペレーションルームっていったら、もっとこう、SFっぽい感じだと思うじゃない！」

「えすえふ？」

ますます怪訝そうな顔をされてしまった。

くっ、ジェネレーションギャップならぬ、ワールドギャップがつらい。

「リリアーナ様はともかく、ヴァン様とフランドール様は、機械的なデザインに馴染みがありません。適応しづらいと判断して、一般的な指令室をモチーフとさせていただいております」

ド正論である。

SFにロマンを感じられるのは、SFを摂取《せっしゅ》して育った現代日本人だけだからね。

人間誰だって慣れない環境で新しいことを覚えるのはストレスになる。できるだけ慣れ親しんだ形で提供するのが筋だろう。

「とはいえ、機能までアナログではありません」

とっ、と白猫が長机の上に飛び乗る。同時に、机の上には大きな地図が浮かび上がった。このデザインは見覚えがある、王都を中心としたハーティア国の地図だ。

「それと、こちらを」

もちおが壁のひとつを振り仰ぐと、壁一面がモニターに変わった。こちらには地図ではなく地上を直接真上から撮影した風景画像が表示される。

それを見てフランの眉間にぎゅっと深い皺が寄った。

「これは、ハーティアの……国土か?」

「衛星写真っぽい雰囲気ね」

「……リリアーナ様のおっしゃる通り、監視衛星から撮影した画像になります」

「あるの？ 人工衛星！」

私は思わず叫んでしまった。

「リリィ？」

「お前いきなりどうしたんだよ」

突然騒ぎ出した私を見て、恋人と男友達が目を丸くする。

ふたりが若干引いてるっぽいけど、今はそれどころじゃない。

人工衛星が運用されてるって、それどんなファンタジーSFだよ。

「ええと……月が、丸い地球のまわりを回ってる衛星なのはわかる？」

「ジェイドが重力魔法を開発している時に……そんな話を聞いたような」

「いやお前ら何言ってんだ。この地面が丸いとか正気か？」

フランがうろ覚えの物理知識を口にして、ヴァンがそれを真っ向から否定した。君たちはそこからかぁー！

「えーと、こっちの壁に映ってるのは、ものすごーく高いところから、すっごい技術を使ってハーティアの国土を直接写し取った画像なのよ」

「すっごい高いところ？　北にある霊峰とかか？」

「……詳しい話はあとで、もちおにレクチャーしてもらって」

私は早々に説明を放棄した。

彼らの知識どうこうの問題じゃない。積み重ねた常識が違いすぎる。

私の技術でひとくちに説明するのは、無理！

それよりまずは人工衛星だ。

「えーともちお……ちなみに、その人工衛星って、写真をとるやつだけ？」

「監視衛星のほかに、観測衛星が五基、航行衛星が一〇基、通信衛星が七基、通信ネットワーク用超小型衛星が一七二基現存しています。五百年前はこの三倍の衛星が存在したのですが」

「打ち上げから五百年もたってるのに、三分の一でも生き残ってるほうがすごいわよ。観測衛星は、地上の様子を記録してるとして……通信衛星とかがあるってことは、衛星通信とかＧＰＳが使えるってこと？」

「はい。空中母艦『乙女の心臓』を運用するには、必須の機能ですので」

「戦闘機をいくつものせた、めちゃくちゃ大きな飛行機を飛ばすようなものだもんね。それくらい用意するのが当然かあ」

これはいいことを聞いた。あとで利用できそうだ。

「状況はわかったわ。もちお、王都を中心に壁の画像を拡大してもらえる？」

「かしこまりました」

返事と同時に、表示されていた衛星写真の解像度が変わった。

「このへんは王宮か？　まあ絵が見れるなら、理屈はどうでもいいけど」

「だがこれでは……」

フランがひっそり眉をひそめる。

映像の大半は、真っ黒で詳細がわからなかった。

「この黒いのは、火事の煙よね」

「はい。監視衛星は真上から王都をとらえておりますので」

「煙のせいで、何にも見えねえな」

ヴァンも顔をしかめる。私はもう一度もちおを見た。

「もちお、監視カメラとか……王都の様子を直接見る機能とかってないの」

「監視カメラは、王宮地下の『乙女の心臓』関連施設内にしか設置されていません」

「どうして？」

これだけ大掛かりな衛星網があるのだ。他の設備が残っていてもおかしくない気がするのに。

「乙女の心臓の封印以降、神造装置は外部施設の建設に関与していませんので」

「なるほど？　王宮そのほかは、空中母艦が封印されたあと、人間の手で作られたわけだから監視カメラなんて設置しようがないわけね」

私はふむ、と首をかしげる。

「何か、代わりになる機能はある？」

「管制施設内に、偵察ドローンが五〇機保持されています。使用しますか？」

「あるんだ？　ドローン」

もうなんでもアリだな！

「ええと、どんな感じのやつなの？」

『ドローン』とは無人で飛行する機械の総称だ。飛行機タイプとかヘリコプタータイプとか、目的ごとにデザインや機能が大きく変わる。

「現在使用可能なモデルはこちらになります」

もちおのすぐ横に、ファンタジー世界には不似合いな、機械的な物体が出現した。大判の本くらいのサイズの四角い黒い箱には、前後左右にいくつものローターがついている。ぶうん、と音をたててローターが回りだしたかと思うと、その四角い箱は指令室内を飛び始めた。

「なんだ、これ」

「こっちの言葉で言うと、空飛ぶ使い魔、かな？　箱にレンズがついてるでしょ？　ここに人間の目にあたる機能があって、見たものを記録してくれるのよ」

「このドローンが撮影している映像をお見せしましょう」

もちおがそう言うと、壁の映像が切り替わった。衛星写真のかわりに、指令室の様子を映し始める。

今飛ばしているドローンが映した映像ってことだろう。

「えーと、いきなり五〇機全部出すのはもったいないから、とりあえず王都に二〇機派遣して。この王立学園のまわりにも三機出して、まわりを警戒して。見つからないように」

「かしこまりました」

もちおがこくん、とうなずくと壁の映像が切り替わった。

画面が細かく分割され、別々の景色を映し始める。ドローンが今見ている映像なのだろう。

「すげ……」

展開についていけないらしい、ヴァンが茫然と壁を見つめている。

「GPSが使えるってことは、ドローンの現在位置もわかるのよね？」

「こちらに出します」

長机に表示されていた地図の映像が変化した。ドローンの現在位置らしい、赤い点が王立学園を中心にいくつも記される。

「よし、これで王都の様子がわかるわね」

「便利なのはいいが、少し困ったな」

地図と景色を見比べていたフランが眉をひそめる。画期的な技術のどこに問題があるというのか。

「この映像は、指令室でしか見れないんだろう。隠し部屋が国家機密である以上、勇士七家の者しか中に入れない。この状況で、高位貴族の中心人物が図書室にこもりきりなのは、都合が悪い。外に連絡する手段が限られるのも問題だ」

「今でも、外にクリスを見張りに立たせてる状態だもんね。状況がわかっても、指示が出せないのは困るなあ……」

隠し部屋を発見した王子の件もある。

ここを頻繁に出入りしていたら、いつか他の生徒にも発見されてしまうだろう。

いずれ『乙女の心臓』を動かす時には、数百人単位で騎士を入れることになるだろうけど、それはずっと先の話だ。

「では、こちらの通信端末をお使いください」

もちおは、ごとごとごとっ、と立て続けに三つ、黒い板を私たちの前に出現させた。大きさは、私の手のひらにちょっと余るくらい。つるりとした外観の機械だ。

めちゃくちゃ見覚えのあるアイテムである。

私はそのひとつを手に持つと適当なボタンを押した。

黒い板のガラス面が明るくなる。しばらく待っていると、画面にアプリアイコンが並んで表示された。

「汎用通信計算装置です」

「スマホじゃん‼」

本当に何でもアリだな！

「リリィ、これは何なんだ？」

「通信機の一種？　これを持ってる人間同士で話したり、情報を共有できたりするの。えっと……ドローンの映像は……」

「こちらのドローンアプリになります」

白猫に教えられるまま、私はアイコンをタップする。

ドローンの現在位置を示す地図と一緒に、映像が表示された。フランは画面を覗き込んでふむ、とうなずく。

「この道具を介せば、外でも一部の機能が利用できるのか」

「ドローン以外にもいろいろあるみたいね。カメラにメッセに……ゲームアプリまで？」

画面をスクロールすると、カラフルなアイコンが数えきれないくらい出てくる。ぱっと見ただけじゃ、全部の機能を把握しきれない。

「スマホを使ったことのある私でも、わからないアプリが多いわね。使い方はもちおが全部ガイドしてくれるってことでいい？」

「もちろんです」

こくこく、とガイドＡＩはうなずいた。

「この世界に電源とかないと思うんだけど、動力はどこから？」

「魔力循環式です。持ち主が身に着けていれば、そこから微弱魔力を電流に変換して充電できます」

「高位貴族はほぼ全員魔力持ちだから、持ってるだけで半永久的に動くのね。なにこの夢のアイテム」

「……よくこんな便利な道具がぽんぽん出てくるな。いくら邪神との戦いが予言されてたからって、用意しすぎじゃねーのか」

「そもそも『乙女の心臓』運用には、関係者同士の密な連絡が必要ですから。これでもまだ設備機能のほんの一部ですよ」

「えぇ……」

ひとつで戦略の概念をひっくり返すようなアイテムが次々に出現したというのに、これでも一部と聞いてヴァンが頭を抱えた。フランも無表情のままだけど、くっきりと眉間に皺が寄っている。気持ちはわかる。私も全部はついていけてない。

「いきなりシステムまるごと渡されても扱いきれないだろうし、今は端末だけで十分だわ。これって三台しかないの？」

「こちらの在庫は五〇台ですが、『乙女の心臓』側には千台以上備蓄されています。機能がフル稼働すれば、追加生産も可能です」

「だったら、今ここにいない、ケヴィンやクリスも使えそうね。……ダガー家の血族だから、ジェイドにも渡せるかな」

「……ここにアクセスしたことのない、勇士の末裔にも配ることはできるか？」

手の中でファンタジースマホを弄びながらフランがたずねた。

「セシリア様から一部権限を委譲されている、リリアーナ様が登録許可すれば可能と思いますが」

「誰に渡したいの？」

「まずは宰相として災害対応をしている父だな。それと、騎士団長であるハルバード侯」

「指揮官が災害現場をリアルタイムで把握できたら楽よね。私が許可して、ドローンに運ばせればアリかな？」

「だったら、クレイモアのじいさんにも渡せねえか？」

「国境を守護している辺境伯と連絡が取れるのは、助かるけど……王都にいる父様たちはともかく、クレイモア伯って、領地にいるはずよね？　そんな遠くまでドローンが飛んでいけるかな」

私の記憶が確かなら、ドローンのバッテリーはさほど長くもたなかったはずだ。

しかしもちおはきりっとした顔で断言する。

「ハーティア国内であれば、配達可能です」

「さすが神造兵器……」

もう細かいことは考えるだけ無駄な気がしてきた。

「だったら、アルヴィン兄様と、ケヴィンのおばあ様であるモーニングスター侯爵にも渡しましょう」

「カトラス家のダリオも該当者でいいんじゃないか」

フランが赤毛の濃いめイケメンの名前を出す。

「白銀の鎧を動かすってなったら、『カトラス』のパイロットはどう考えてもダリオだもんね……」

カトラス家は六人兄弟だけど、国外に留学中のルイスをのぞけばあとは全員小さな子どもだったはずだ。戦える血族は彼しかいない。

「同じ勇士家の当主でも、ランス伯爵はナシだな。あいつに渡したら即王妃側に渡るぜ、賭けてもいい」

「言われなくてもやらないわよ」

ランス伯爵は、腹黒王妃を王室に引き入れた諸悪の根源だ。彼にこんな強力すぎる超兵器を渡すわけにはいかない。かろうじて、ヘルムートの兄、伯爵家長男のグラストンが父様の部下として教育されているけど、彼がどれだけ信用できる騎士になるかは、未知数だ。

ラスボスとの決戦時に、断絶したはずの『ダガー』の鎧があるのに、『ランス』の鎧はない、という事態も十分ありうる。

「あと残っている血族というと……ヘルムートとか?」

「あいつもナシだろ。信用度でいったら、父親とほとんど変わんねーぜ。だいたい、一緒にいる王子に何て説明するんだよ」

「オリヴァーはそもそも、王家の血を引いてないもんね……」

「当代の王女は、セシリア様ではないのですか?」

話を聞いていた、ナビゲーションAIもちおが首をかしげた。

「もちおは王室の現状を把握してないんだっけ」

「私は昨日まで休眠状態でしたから。血統の記録も、王宮の水盤から送られてきた遺伝子情報を参照しているだけですし」

「なるほど、データはともかく詳しい人間関係はほとんどわからないのね」

こくこく、と白猫がうなずく。こういうしぐさはただの猫っぽくてかわいい。

「今、王宮で王様だって言われてる人は、まったくの偽物なのよね」

「なりかわり、ということですか？」

「本人もなりたくてなったわけじゃ、ないみたいだけどね」

私は、女神の攻略本をアイテムとして取り出す。ページをめくると、そこには王室の血統に関わる秘密がびっしりと書かれていた。

「ことの始まりは、四十年以上前に起きた襲撃事件よ。産まれたばかりの王子を殺そうと、アギト国から王宮に何人もの刺客が送り込まれてきたの。このままでは王子が殺されてしまう、と思った乳母のひとりが、よく似た赤ちゃんを連れてきて、すり替えた」

「味方側の起こしたすり替えだったのですか」

「そう。もちろん、事件がおさまったら元に戻すつもりだったんだけど、乳母は襲撃に巻き込まれて死んじゃって……味方の誰もすり替えに気づけなかったのよ」

「誰かひとりくらいには、共有しとけって話だけどなー」

「厳重に警備されているはずの王宮で、王子が殺されかかってるんだ。内通者を恐れて、秘密を洩らせなかったんだろう」

フランが当時の状況を推察する。女神の攻略本に書かれた筋書きも似たようなものだ。

「襲撃がおさまって、表向き平和になった王宮で、すり替えられた偽物はそのまま王子として育てられていったの」

「……それはおかしくはないですか？　すり替えられた王子……現国王は、二十五年前に正当な王として継承の儀を行い、遺伝子サンプルを水盤に提出しています。データに矛盾はありませんでした」

もちおはまた不思議そうに首をかしげた。

話している裏で、継承時のデータを再検証しているのかもしれない。

「あなたがチェックしたのは、血の遺伝子だけでしょ」

あの認証システムには、明確なセキュリティホールがある。血さえ本物であれば、『誰が水盤に投入したか』なんて、チェックしないのだ。

「だとすれば、儀式で使われた本物の血はどこから出てきたんですか」

「それも、殺された乳母ね」

私はさらに攻略本のページをめくる。

「優秀な魔女でもあった乳母は、本物の存在を示す証拠として、王子の血を魔法で冷凍保存していたの。自分のやったことを詳しく書いた手紙とともにね」

「証拠が残っていたんですね。であればますます、発覚しなかった理由がわかりません」

「それらを見つけたのが、王位継承の儀式を明日に控えた偽王子だったからよ」

ヴァンが肩をすくめる。

「まあ隠すよな。偽物にとっちゃ、自分の地位を脅《おびや》かす証拠そのものなんだから」

「彼は事実を公表せず、乳母の手紙を焼き捨てた。自分が偽物と知りながら、本物の血を利用して王位を継いだのよ」

「……やはり、理解できません。当代の継承の儀をごまかしたとしても、次代の継承時にかならず発覚するのに」

「だが、つかの間の平穏は守られる」

フランが眉をひそめながら言った。

「継承当時、国王にはまだ子どもがいなかった。継承の嘘がばれるのは二十年以上先の話だ。今まで王族としてぬくぬくと育てられてきた国王に、事実を公表して野に下る決断はできなかったんだろう」

「でも、知ってしまった事実と、自分がやった継承の不正は国王の中に残り続けたの。本物の王でない自分が、政治にかかわってもいいのか？　そう迷って決断できなくなった彼は、誰の提案にも逆らわない『置物国王』になってしまったのよ」

ヴァンはがりがりと頭をかいた。

「俺としては、偽国王が継承の前日に、出生の秘密を知ったってとこが引っかかるんだよなー。でき過ぎてるっていうか」

「十中八九、作為的なものだろう。ユラのことだ、入れ替わりを知った上であえて放置し、わざと継承直前に偽国王にだけが発見できるよう証拠に細工をするくらい、やりかねん」

「あいつ、そういう悪趣味な運命の悪戯演出、好きそうだもんね」

だからこそ、邪神の化身なんだろうけど。

「なるほど。おおむね、王室の状況は理解しました。では、本物の王はどちらにいらっしゃるのでしょうか？　セシリア様がお産まれになっている、ということは少なくとも十六年前までは生きていたはずですよね」

「それが、今は亡きラインヘルト子爵よ」

私はカトラスの保護下にある名家の名前を出した。

「本物の王子は、まず乳母の手で王都中心部の孤児院に預けられたの」

「あとで迎えに行くつもりだったんなら、そのへんが妥当な預け先だろうな」

「でも、乳母は殺されてしまったでしょ？　彼はそのまま孤児として成長して、当時子どものいなかった先代ラインヘルト子爵に養子として引き取られたの」

血統が何よりも重要視される王家や勇士七家と違い、他貴族家は実子以外への相続が認められている。家の存続のために、優秀な養子をとるのはよくある話だ。

「子爵家ゆかりの女性を妻に迎えて、爵位を継承したそうよ」

「それで、セシリアが子爵令嬢として育った……ってとこまではわかるんだけどよ。なんでカトラスの妹分ってことになってんだ？」

「それはそれで、いろいろ事情があるのよ」

ヴァンの素朴な疑問にどう説明するべきか、私は返答に困ってしまう。かわりにフランが口を開いた。

「セシリアが産まれたあとに子爵家で不幸が続いたんだ。まずセシリアの母が出産直後に病死し、後妻を迎えたが直後に子爵自身も亡くなっている。後妻の浪費で子爵家が傾き、セシリアの身に危険が及んだため、カトラスが子爵家ごと保護した」

「あーそういう」

貴族家では財産をめぐるいざこざが珍しくないせいだろう、ヴァンは納得顔でうなずいた。

『セシリア自身の身に及んだ危険』が、魔力式給湯器ほしさに後妻がセシリアを闇オークションに売り飛ばし、あわやユラにお買い上げされそうになってた、ってことまでは言わなくてもいいだろう。話がややこしすぎる。

「俺たち特別室組のメンバーは、昨日はじめてセシリアの素性を知ったわけだがフランドール、あんたの関係者……大人連中は誰がどこまで知ってるんだ？」

「ほとんど誰も。知っているのは俺の父だけだ」

「宰相じゃねーか！」

ヴァンが驚くのと一緒に、私もびっくりして目を丸くしてしまった。血統の裏事情を宰相閣下まで知ってるなんて、私も初耳なんだけど？

「お前の入れ替わりの時と同じだ。国政に少なからず関係する以上、政治のトップが事実を知っておく必要がある」

「だったらどうして、あのアホ王子を放置してるんだ。あんたの口ぶりだと、ほとんど最初から、国王の入れ替わりを知ってたよな？　知っててどうして何もしねえんだよ」

「それにはもちろん、理由がある」

フランは肩をすくめた。

「王家の血がすり替えられている。この事実がわかったとして、今発表したら何が起きると思う？」

「置物王と腹黒王妃が追放されて、めでたしめでたし……ってわけにはいかないんだろうなあ」

「その通りだ」

ヴァンの推測を、フランが静かに肯定する。

「すり替え直後ならともかく、俺たち貴族はすでに何十年も置物国王を主君としてまつりあげてきた。いきなり偽物だったと言われても、はいそうですかと受け入れられる者は少数派だろう」

「役立たずだなんだと言いながらでも、貴族は結局王家を中心につながりあってるからなあ」

「遺伝子検査ができる超古代技術があるからいいものの、他の王室だったらアウトだったわね」

なにしろ先代国王もセシリアの父親もすでに死んでしまっている。当時の記録も焼かれているから、ＤＮＡ以外の証拠はゼロだ。セシリアが血統を主張しても鼻で笑われて無視されるのがオチだろう。

「この問題のもっとも穏便《おんびん》な解決方法として、俺たちが目をつけたのがセシリアの婚姻だ」

「あ」

婚姻、と聞いてヴァンは、はっと顔をあげた。

「まさか……俺とクリスがやったことを、王子とセシリアにもやらせようとしてたのか？」

「逆だ。王子とセシリアを使って継承の歪みを隠蔽しようと計画していたから、お前たちがあらわれたときに、入れ替わりを提案できたんだ」

「ハ、いきなりとんでもないことを言い出すと思ってたら、しっかり前知識があったわけだ」

「女神の攻略本でも、その可能性は示されてたわ」

私はもう一度本を開く。王子ルートのページには、王室の存続方法が書かれていた。

「本来、オリヴァー王子が王位を継承する時に血統の嘘がバレる。でも王子とセシリアが結婚すれば話は別よ。継承の儀で王子がセシリアの血を捧げて、ふたりの間で子どもを産めば、すり替えの事実を隠したまま血をつないでいけるの」

「王宮の混乱を考えたら、それが一番平和か……」

逆に、私が王子と絶対結婚したくない理由はここにある。血統に嘘のある王子は、聖女と結婚しない限り、その地位を追われることが確定している。愛があれば一緒に失脚しても……という話もあるかもしれないけど、私はそこまで王子に思い入れはない。沈むとわかってる泥船にわざわざ乗り込みたいとは思わなかった。

「実際俺と父は去年までその方向で動いていた。宰相家がカトラスを支援したのはセシリアを保護させる意図もあったんだ」

フランは悩まし気なため息をつく。

「元が没落寸前の貧乏子爵家令嬢でも、カトラス侯爵家の後ろ盾があるなら王妃候補として推せる」

カトラスゆかりの優秀なお嬢様として王立学園に入学させ、そこで王子と関係を持たせるつもりだったらしい。ロマンスのシナリオとしては悪くない。

「問題は、セシリアが『恋する乙女心』を根源とする本物の聖女だってことよね」

「まさかオリヴァーが、聖女にいっさい興味を持たれないレベルのボンクラだとは……」

ぎぎぎ、とフランの眉間にそれはもう深い皺が寄る。

自分の結婚を邪魔されたあげくに、聖女まで取り逃がしてるんじゃなあ。王子に対する評価がダダ下がりになってもしょうがない。

「女神のゲームだと攻略対象、つまり恋に落ちる可能性が高い人物だったんだけどね」

実際、ゲーム内ではまわりのことをよく見ている、心優しい王子様だったんだけど。何がどうしてこうなった。いや、王妃が変に王子にかまってマザコンにしちゃったのが悪いのか。

「お前ら何言ってるんだ？　国の安定がかかってるんだから、恋だなんだって言ってないで、無理にでも結婚させればいいだろ」

貴族らしい価値観を持つヴァンが不思議そうな顔になる。そうもいかないのが、運命の女神の見守る世界の恐ろしいところだ。

「聖女の『恋する乙女心』っていうのは、誇張でも何でもないのよ。彼女が自然発生的に好意を持った時にしか、能力は開花しないの。政略結婚を強制したら、その時点で力が消えて、世界が滅ぶわ」

「女ひとりの気持ちが存亡を左右する世界って何なんだよ⁉」

そのツッコミは正しいんだけどね？

「そこはもう、『この世界はそういう仕組みだから』と考えるしかないわね」

運命の女神に世界を救う才能がないのは仕様だ。

すでにそう成り立ってしまってる世界にいまさら異議を申し立ててもしょうがない。世界がそう『ある』なら、あるなりに行動するしかないのだ。

「聖女として産まれたセシリアにとっては災難以外なにものでもない……とは思ってるのよ。自分の心ひとつに世界の運命を託されちゃってるんだから」

私が彼女と同じ立場だったとして、フランとのんきに恋愛できてたかどうか自信はない。

「宰相家、あんたとオヤジさんはどう考えてんだよ」

「セシリアが王子に惚れなかった時点で別プランに移行した。現国王夫妻を強制排除し、セシリアを王位につける方向でひそかに動いている」

「ま、妥当な判断だよな。王宮の混乱より、救世主と正統な血筋のほうがずっと大事だ」

この国は聖女の血筋を中心に形作られている。

正当な王族の保護の前には、貴族たちの反発なんて小さな問題だ。

「どっちにしろ、今のオリヴァーに王は荷が重すぎる」

「何もしないだけならまだいいが、あいつは王妃に情で訴えられたら、流されかねないからな」

「とはいえ、正統な王族であるセシリアにも、統治者の才能があるかというと……微妙なところね」

女神に与えられた才能はともかく、本人はすみっこで平穏無事に暮らしたい小動物令嬢だ。女神のダンジョンでユラに立ち向かうだけの気概は見せるようになったけど、炎に巻かれた王都を見て倒れてしまうようでは、まだまだ弱い。

「気質はしゃあねえ。最低限、担がれる神輿《みこし》の役さえやってくれりゃあ、俺たちがなんとか……って、それじゃ今の置物国王と同じになるか」

「国政は回せるだろうが、厄災《やくさい》に立ち向かうとなったら、難しいだろうな」

フランも冷静に肯定する。

厳しいけど、その判断は正しいように見える。

「偽物王に、気弱な王女に……つくづく統治者に恵まれてねえ国だな、クソ」

ヴァンは悔しそうに爪を噛む。

ただの臣下であれば、運が悪かったですむかもしれないけど、本来の彼は王の弟。セシリア以外に唯一残された直系の王族だ。彼らの叔父として抱える想いがあるんだろう。

「お前が戻るのはナシだ」

「わかってるよ。王妹が実は男で、婚約者と入れ替わってました、なんて話は王様が取り換えられてたって話以上に受け入れられねえ。俺は、シルヴァン・クレイモアだ」

ヴァンはがりがりと頭をかいて立ち上がった。

「ヴァン？」

「ちょっと外で頭冷やしてくる。フィーアが戻ってくるまでは、待機で大丈夫だろ」

「ああ、それでかまわない」

「だったら私も」

ヴァンに続こうとしたら、苦笑して止められた。

「お前はここにいろよ。どうせ外に出たら、そいつとは一緒にいられねえんだから」

「そ……それは、言われてみれば」

ここは管制施設が作り上げた仮想空間だ。中で誰が何をしてるかなんて、外からは絶対にわからない。スキャンダルを避けなくちゃいけない私たちにとって、絶好の逢引き場所だ。

「じゃ、またあとでな」

「え、ちょっと」

だからって、いきなりふたりきりで残さないでいただけますか⁉

私が止める間もなく、ヴァンはログアウトして出ていってしまった。

「あ……う……」

残された私は、うろうろと視線をさまよわせる。振り向くと、いつのまに移動してきたのかフランがすぐ隣に立っていた。常に私たちの側にいるはずの、白猫の姿もない。ＡＩの高度な判断でそっと席を外してくれたらしい。

するっと肩に手が回されて、引き寄せられる。

フランの体温をダイレクトに感じて、かあっと頬が熱くなった。

ひょっとして、この状況はすごくマズいんじゃないだろうか。

仮想空間は完全な密室だ。私たちが何をしていても、誰にもわからない。

そう、何をしていても。

「あ……」

フランの青い瞳が私をじっと見つめている。その眼差しからは、彼が何を考えているかわからなかった。

彼はいったい、私に何をするつもりなのか。

私は何をするべきなのか。

何を言ったらいいのかわからなくて、固まっていたら。

「ぶっ……くくくく……ははは っ！」

こらえきれなくなったらしい、フランがとうとう笑い出した。

「フラン⁉」

「わ……悪い。そこまで警戒するとは思わなくて……」

「今までさんざん煽《あお》っておいて、それ言う？」

「それはそうなんだがな……は、はは……」

体をくの字に曲げてまで笑っているのは、かなりツボに入った証拠だ。この男、どうしてくれよう。

「心配しなくても、この空間内ではせいぜい抱きしめてキスする程度のことしかできない」

「そうなの？」

「おそらくだが、それ以上のことをするための機能が、存在しない」

「……管制施設だもんね。人体の感覚は再現してても、男女のいちゃいちゃに必要なプログラムまでは作られてないのか」

どんなにリアルに作りこまれていても、ここは仮想空間。システム側が用意してない行動は、やろうと思ってもできない。

「でも、どうして開発者でもないフランに、そんなことがわかるの」

デジタル関係とは無縁だったはずのフランが、私以上に機能を理解しているのは不自然だ。私が首をかしげていると、フランはあいまいに笑った。

「女のお前にはわからないだろうが、感覚的にな……」

つまり、自分の今の体にそういう機能がある感じがないと。

そんな事実は知りたくなかったかなぁー⁉

「ああもう、ドキドキして損した！　もちお、レイアウト変更！　モニターが見える位置にソファを出して！」

命令すると、無言でソファが出現した。男女ふたりで座るのにちょうどいい、ふかふかソファだ。

もうこの際だから思いっきり甘えてしまおう。

私はどすんとソファに座った。フランもその隣に座ってくる。

「なでなでして！　たくさん！」

「承知した」

フランは苦笑しながら頭をなでてくれる。

大きな体にもたれかかって感じる体温が、心地よかった。

「……そういえば、この端末は連絡をとるのに使えると言っていたが、どうやるんだ？」

フランがもちおに渡されたスマホを手に取ってささやく。私も同じようにスマホを手に持った。

「このアイコンが通話。お互いが離れたところにいても、声を届けて会話することができるの。文字を送り合えるメッセージアプリもあるけど、フランにタッチタイプとかフリック入力しろって言うのは無茶な話よね」

入力画面自体はこっちの世界の言葉になってるけど、タイプライターもキーボードも触ったことのない彼らには、何が何だかよくわからない機能だろう。

「なんとなくで使えそうなのは……」

つらつらとアプリを見ていた私は、そこで手を止めた。

「カメラアプリとかどうかな？」

「……かめら？」

「さっき見たドローン、空飛ぶ使い魔と同じ機能よ。ここについてるレンズで写した映像を保存できるの」

「映像……保存……？」

「使ってみたほうが早いわね。フラン、ちょっとこっち向いて」

「うん？」

きょとんとしているフランにレンズを向けて、シャッターボタンを押した。カシャッと小さく音がして、画像が保存される。改めてスマホの画面を見ると、そこにはフランの顔が映し出されていた。

「かっ……こよ……」

セルフスチル保存ありがとうございます。

このスマホ私のだよね？

管制施設を出たあとも持ち歩けるんだよね？

つまり、人目にさえ気を付ければ、いつでもフランの顔を見放題ってことだよね？

あれ？　これって、夢の『カレシの写真ゲット』シチュですか？

「ふおぉぉ……」

思わず、変な声が口から出てもしょうがないと思う。

こんなの喜ぶしかないじゃない！

「リリィ？」

「あ、ごめん。こんなふうに風景がそのまま保存できるの」

「……確かに、便利だな」

「カメラは両面についてるから、切り替えたら……ねえフラン、ちょっとこっちの画面見て」

「こうか？」

私はインカメラに切り替えると、フランに体を寄せた。一緒になってスマホを見る。

そのままシャッターボタンをもう一度。

今度は私とフラン、ふたり並んでる写真がとれた。

あこがれの！

カレシとツーショット写真ゲットだぜ！

「うわあ……本当にツーショットだぁ……」

これはロックかけて永久保存するしかない。

絶対に消去不可だ。

「お前との絵姿は悪くないが、いいのか？　こんなものを他人に見られたら……」

「スマホ自体がそもそも重要機密だから、人のいるところでは使わないわよ。それに、持ち主以外操作できないよう、ロックもかかってるし」

スマホの利用者自体が限られまくっているこのファンタジー世界で、情報を抜き取ってくるハッカーなんてほとんど存在しない。管理さえ気を付ければ、流出する危険性はほぼゼロだ。

「……なら、いいが」

今度はフランが自分のスマホでカメラアプリを起動させる。

何度か指令室の中に向けてシャッターを切っていたかと思うと、不意にこちらを向いた。

「リリィ」

「え、私？」

「恋人の絵姿がほしいのは、お前だけじゃない」

言いながら、スマホ片手に見つめられると、また頬が熱くなる。

そういえばそうだった。

私がフランの写真で喜ぶのと同じように、フランも私の姿で喜ぶんだったね……。

気持ちは嬉しいけど、なんだか気恥ずかしい。

「こ、こう？」

ポーズをとったらカシャ、とシャッター音が静かな指令室に響いた。

「表情が硬いな。もう少し笑った顔のほうが嬉しいんだが」

「えぇぇ……」

そんなこと言われても。

恋人の写真を撮るシチュエーションがはじめて、ってことは逆に撮られるのもはじめてなんだよ。

小夜子の時は自分の姿が好きじゃなかったから、あんまり写真を撮らなかったし。

せっかくなんだから、かわいく笑わなきゃって思うのに、顔はどんどんこわばっていく。

「リリィ」

「ま、待って、待って……笑顔になろうとはしてるんだけど」

「恥じらう姿は、それはそれでかわいいんだがな」

「今そういうこと言わないでー！」

余計緊張するから！

私が慌てている間にも、フランは恐ろしい勢いでカメラの使い方を覚えて、こちらを撮影してくる。

恋人のひきつった顔ばかり撮って君は何がしたいんだ。

「ただ撮られるのが緊張するなら、さっきみたいにふたりで撮るか？」

「え、あ」

私の返答を待たずに、フランは自分のスマホをインカメラに切り替えて体を寄せてきた。さっきとまったく逆の構図だ。自分も同じことをやってたはずなのに、フランが撮っていると思っただけで心臓が跳ねる。

「カメラを見ろ」

密着しているから、声が近い。

カシャ、とシャッター音がまた鳴った。

「顔をあげて」

耳元でささやかれて、私は逆に俯《うつむ》いてしまう。

「ね、ねえ……っ、からかっておもしろがってるでしょ！」

「ばれたか」

「もうっ……！」

顔をあげたら、フランの青い瞳と目があった。彼は器用にスマホのカメラをこちらに向けたまま、私を見つめている。

カシャ、とまたシャッター音がした。

「いい顔だ」

唇を寄せられて、吐息がからむ。

私はとっさに手をのばすとフランの大きな手ごと、スマホをつかんだ。レンズが私の手にふさがれて、画面が真っ黒になる。

「こういう時の顔は……撮っちゃダメ……」

「酷なことを言う」

ちゅ、と唇が触れ合った。

この仮想空間でできるのはここまでだ。そうわかっていても、リアルな感覚が気持ちいい。抱きしめ合ったまま、もう一度キスしようとして。

ヴーッ！　ヴーッ！

けたたましい警告音が鳴り響いた。

「もちお、何が起きたの！」

突然の警報音に驚いて飛び上がった私は、悲鳴のような声でナビゲーションＡＩに命令した。

長机の上に白猫が姿をあらわす。

「王立学園に、正体不明の一団が近づいてきています」

ぱっ、と壁のスクリーンが切り替わった。

ドローンが映したらしい映像が表示される。同時に、長机の地図も王立学園周辺の拡大地図へと変わった。そこには追加情報として、ドローンの撮影位置と、不明な一団の現在位置が記されていた。

「もう学園の目の前だな」

さっと位置関係を確認したフランがつぶやく。

私はモニターに視線を移した。

奇妙な集団だった。

服装はばらばら、というよりちぐはぐ。下着や寝間着に何かを羽織った格好の人が多い。服自体の質はあんまりよくないし、髪や手も荒れ気味だ。そして全員あちこち煤《すす》けていた。

年齢層もばらばらで、女性や子どもを男性が中心になってひっぱってる感じだ。

「全員貴族ではなさそう……王都の庶民街に住んでいた市民かな？」

「火事で焼け出されて、避難してきたようだな」

彼らは体力のない子どもたちをかばいながら、ゆっくりと移動する。目指しているのは、明らかに学園だった。

「申し訳ありません、悪意ある武装集団ではなかったので、発見が遅れました」

「まずいわね」

さっきとは別の理由で心臓が早鐘を打ち始める。

この状態は危険だ。

黙って見ているわけにはいかない。

「フラン」

「わかっている、先に行け。俺は着替えてから追いかける」

最後にもう一度だけぎゅっとフランの手を握ってから、私は管制施設をログアウトした。

「ヴァン、クリス！」

鏡の前に出ると、ふたりが緊張した表情でこちらを振り返った。

「なにごとだ？ 急にスマホってやつが鳴りだしたんだけど」

「王都からの避難民が学園に向かってるわ」

私はスマホにドローン映像を映しながら説明する。

ヴァンからスマホの説明は受けていたんだろう、クリスは驚くことなくその映像を見つめる。

「王都は火事だからな。逃げ出すやつは出るか」

「すぐに対応しなくちゃ、手遅れになるわ」

「わかった。フランドールは……」

「ご主人様！」

話していたら、荷物を抱えたフィーアが走りこんできた。

「いいタイミングね、フィーア！　わたしたちは大門に行くわ。フランに服を渡したら、あなたも一緒に追いかけてきて」

「かしこまりました」

「行きましょう！」

フィーアに指示を出してから、私たちは走り出す。ここから、学園の正面入り口である大門までは少し距離がある。がんばっても、門に着くころにはすでに避難民が到着しているだろう。

「面倒ごとになってなきゃいいけど」

しかし、だいたいそういう嫌な予感は的中する。

悪役令嬢は悲劇を回避したい

城門で発生した危機的状況

王立学園の建物はそもそも、教育機関として作られたものじゃない。

地下に管制施設があることからわかるように、空中母艦『乙女の心臓』を支援する施設として建てられたものだ。数百年の間に新たな街道ができて戦略的な意味がなくなったあと、建物を再利用する形で学校として生まれ変わった。

だから、この学校にはあちこちに戦闘用の砦《とりで》としての機能が残されている。

学園そのものをぐるりと取り囲む城壁と、大門がその最たるものだ。

「避難民が門に近づいてるからって、そんなに慌てなくてもいいんじゃないか?」

一緒に走りながら、クリスがのんきなことを言うのはそのせいだ。

高さ五メートルほどの分厚い城壁に埋め込まれるようにして作られた門は重厚で、ちょっとやそっとのことでは開けられない。それこそ、攻城戦用の兵器でも持ち出さないかぎり破壊できないだろう。

城壁自体も高さがあって、外に張り出す構造になってるからそう簡単によじ登れない。

この堅牢《けんろう》なつくりも、貴族用の学校として採用された理由のひとつだ。

「門は災害対応ルールにそって、騎士科生徒が厳重に閉じていたはずだ。猫の子一匹入れないよ」

「私は攻撃を恐れてるわけじゃないの」

「おい、門の上に誰かいるぞ」

ヴァンが視線を上げる。門の上部にゆらゆらと動く人影が見えた。

現代日本人が『門の上に人』と聞いたら「なぜ？」と首をかしげるかもしれない。でも、王立学園は日本の住宅街の門とはまったく別物。西洋の堅牢なお城とその門だ。門の両脇は石造りの壁で固められ、それぞれに見張り用のやぐらがある。当然、内側からやぐらに上がるための階段だってついている。

避難民に気づいた騎士科の生徒たちが、やぐらの上から様子を確認しているんだろう。

「登ってるのは……って」

メンバーを確認しようとした私は、思わず絶句してしまった。

右往左往する生徒たちの中心に輝く、キラキラの金髪。そして、くすんだアッシュブラウンの髪。間違いない、王子とヘルムートだ。少し離れてケヴィンのふわふわの銀髪も見える。

周囲に大人の姿はなかった。

学園内のことで手一杯の教師にかわって、高位貴族の彼らが指揮をとっているんだろう。

異変に気づいてすぐに対応する、行動力があるのはいいことだ。

でも、避難民の集団みたいに、イレギュラーなものが来たときには、下手に自分で動かずに、大人を頼ってほしいかな！

ゲームのプレイヤーとして、この先に起こりうる悲劇を知っている私は心の中で悲鳴をあげた。頼むから、何もしないでいただきたい。

「助けてくれ！」

門の側に来たところで、向こう側から本物の悲鳴が聞こえてきた。

「落ち着くんだ！」

やぐらの上から王子が責任者として避難民に声をかけた。すぐに怒りまじりの声がかえってくる。

「子どもじゃ話にならん。大人の責任者を出してくれ！」

「先生方は、他の対応で手いっぱいだ。話なら俺が聞く」

「あんたが？」

「俺はハーティア国第一王子、オリヴァー・ハーティアだ。お前の話は俺の責任の届く範囲で聞き届けよう」

ざわざわ、と避難民たちが騒ぎ出す。

「あーいーつーはー……」

私の横でヴァンが頭を抱えた。

「王子がほいほい身分を明かしたうえに、聞き届けようとか宣言するなよぉ……」

「まだ権限の届く範囲、って言ってるだけマシじゃない？」

指導者として、責任をとる姿勢は必要だけど、彼が責任の範囲以上のことをしかねないのが怖い。

はらはらしている間に、王子を交渉相手として認めたらしい避難民たちが要求を口にし始めた。

「王都で火事が起きたのは気づいてるか？」

「ああ、こちらからも煙が見えていた」

「なら話は早い。俺たちは住む家を焼かれて逃げてきたんだ。全員着の身着のままで、食料も金もなく、今日寝る場所もない。どうか保護してもらえないか？」

案の定、彼らの目的は身の安全の確保だったようだ。

女性のものらしい、高い声が重なる。

「子どもがいるの。少しだけでいいから休ませて」

「お腹すいたぁー！」

その後はもう、誰も順番なんて守らなかった。

何十人も集まった人々は口々に要求を王子に向かってぶつける。私の立っている門の下からじゃ詳しいことはわからないけど、きっと外は大変なことになっているんだろう。

「そうか……」

対応する王子の声が震える。

管制施設内で見たドローン映像によれば、彼らは言葉通り着の身着のままだ。全身真っ黒にすすけて、ありあわせの服をどうにか身にまとっている姿は、憐れを通り越して恐れを感じるだろう。

「わかった、すぐに対処しよう。誰か門をあけ……」

「お待ちなさい！」

王子が指示を言い終わる前に、私は無理やり声を挟んだ。

門の外を見下ろしていた王子がぱっとこちらを振り向く。

「リリアーナ嬢？」

「門を開けてはいけません」

私は一歩前に出た。

これは絶対に止めなくちゃいけないことだから。

「なぜだ？　市民の保護は、貴族、いや王族としての務めだ」

貴き者の務め《ノブレス・オブリージュ》だね。知ってるよ！

「ですが、それは力ある者だけが行うこと。今の私たちには無理です」

「おい誰だか知らねえが、姉ちゃんは口をはさまないでくれるか？ 王子様だってんなら、国で一番力を持ってんだろ？」

持ってないよ。

言うとややこしくなるからつっこまないけど。

「リリアーナ嬢、ここには人を収容する建物も、食料の備蓄もある。彼らを助ける余裕はあるはずだ」

「それでもダメです。物資だけでは人を助ける余裕とは言わないんですよ」

「あんた、俺たちを見捨てるってのか！」

野次馬の声に、王子の顔がさっと青ざめる。

私が言いたいのはそういうことじゃないのに。

「助ける力がないって言ってるの」

私の言葉に、避難民たちが騒ぎ出す。

王子は門の内と外、私たちと避難民を見比べる。彼の肩をケヴィンがそっと押さえた。

「君もか？」

「俺も全部理解してるわけじゃないけど、彼女がああ言う時はかならず理由がある」

「オリヴァー、一度降りてこいよ」

ヴァンも声をかけた。

「う……」

「王子様、俺たちを助けてくださいよ！ 女の意見と目の前の怪我人、どっちが大切なんだ！」

「……！」

直接助けを求められて、王子の顔色が変わる。

避難民たちは口々に叫び出した。

「助けて！」

「私たちを助けられるのはあなたなんです！」

「見捨てないで！」

王子は門の外を振り向く。そしてその下に広がる光景を食い入るように見つめた。

「俺は……彼らを……」

「王子」

もう一度声をかけようとした時だった。

黒い人影が私の横を駆け抜けていった。影は、恐ろしいほどの勢いでやぐらに駆け上ると、王子の体をひっつかんで、門の内側に放り投げる。

「門は開けるな、絶対にだ！」

フランの低い声が響き渡った。

「お、王子っ！」

門の内側にいた騎士科生徒たちが、フランに投げられた王子を慌てて受け止めた。とっさの状況とはいえ、フランも一応生徒が反応できる場所に落としてたんだろう。彼は怪我もなく地面におろされる。

無事を確認して、もう一度門の上を見るとフランが避難民たちを見据えるところだった。

「静まれ」

ただの一言。

しかし、その強い言葉に圧倒されて、しんとあたりが静まり返る。

「ここからは、王子にかわって俺が対応する」

「あ、あんたが？　何者なんだ」

「ミセリコルデ宰相家子息、フランドールだ」

「……宰相家の」

王族ではないものの、勇士七家に連なる者と聞いて避難民たちはさらに怯《ひる》んだ。いや、数名反発する者が残っていた。

「門を開けないってのはどういうことだ！　やっぱりあんたも火事にあった市民を助けないっていうんだな？」

「いいや」

フランは冷静に否定した。

「だったらなんで……」

「そもそも、お前たちは何を勘違いしている？」

「か、勘違い？」

「そこに掲げられている看板の通り、ここは『王立学園』。優秀な貴族の子どもたちを教育するための機関だ。市民の保護施設ではない」

そうなんだよね。

現代日本だと、当たり前のように避難場所に指定されている学校だけど、こっちじゃ学校の扱いそのものが違う。災害が起きたからって市民を収容する機能も支援する機能もない。

「王立学園に所属する大人たちは、まず第一に学園内の子どもたちを保護する責を負う。学園は、彼らの身を守るため、部外者の立ち入りを拒否する」

「貴族の子どもと庶民の子どもは違うっていうのか？」

「ああ。学園は在学生とその他を明確に区別する」

断言、だった。

きっぱり言い切られて、相手も一瞬絶句する。

「だ、だったら、私の子はどうすればいいんですか。火に追われてここまで逃げてきて……もう歩くこともできません」

「貴族じゃないからって見殺しにするのか！」

「そうは言ってない」

すうっとフランは腕を上げた。

壁の外の一方向を指し示す。

「南にミセリコルデ家が設営した臨時避難所がある。そこまで行けば、安全な寝床が用意されているはずだ。食料も衣類もたっぷりある」

保護先があると聞いて、市民たちの反応が変わった。

「……なんだ、ちゃんと避難所があるんじゃないか」

「だったらそっちに行けば……」

「ま、待ってくれ！」

「何だ？」

「南に避難所があるっていっても、ここからまた移動しなくちゃいけなんだろ？　命からがら逃げてきて、怪我《けが》したやつも多いんだ。せめて中で少し休ませてくれないか？」

「駄目だ」

フランは折れない。断固拒否である。

「動けないというなら、そのあたりで座っていろ。水くらいは差しいれてやる」

「はぁ？」

「避難所の設営が完了したら、ミセリコルデの騎士が学園まで見回りに来る手筈になっている。避難民を収容するための荷馬車つきでな。動けない者は彼らが運ぶ」

「だけどもう、クタクタで……」

「先ほどから気になっていたんだが」

フランの冷ややかな声が、訴えをさえぎった。

「災害から逃げてきたにしては、ずいぶんと元気な者がいるようだ。お前たちは門を開けろと何度も主張しているが、何が目的だ？」

「いや……それは、助けてもらいたくて」

「だったら、外の避難所を頼れ。必要な救済措置はすべて用意されている」

「だけど」

「それとも何か？　どうしても王立学園内に入らなければならない理由でもあるのか」

フランの言葉に、避難民たちはふたたびしんと沈黙する。

「もう一度言うぞ。王立学園は、部外者の立ち入りを禁ずる。もし、この言葉に反して学園に入り込もうとした場合は、それが何者であっても侵入者として排除する！」

びりびりとフランの声が響く。

避難民のみならず、その場にいた騎士科生徒たちも身をすくませた。

「行け！　避難所はお前たち全員を受け入れる！」

「は、はいっ！」

壁ごしに、人々が動く気配が伝わってきた。フランの指示に従って、臨時避難所に向かうのだろう。

私たちは、ほっと安堵《あんど》のため息をもらした。

罠イベント

門の物見やぐらから降りてきたフランに声をかける。彼は私たちの姿を認めて、にこりと笑いかけてきた。

「フラン、お疲れ様！」

一緒に降りてきたケヴィンが、力なく肩を落とす。

「フランさん、助かりました……俺だけじゃ王子を止められなくて」

「気にするな。ああいう手合いの相手は、お前たちにはまだ早い」

ずっと身構えていたクリスが、持っていた武器から手を離して大きく深呼吸する。

「門を開けずにすんでよかったな」

「一度開けたら、もうそこでアウトだったからね」

この先に待ち受けていた悲劇を知っている私は胸をなでおろす。

実は、この避難民イベントはゲームでも発生する。

大地震自体は、邪神の封印破壊でかならず起きることだからだ。

結果、火事で混乱した王都から無事に見える王立学園へと、市民の一部が押しかけてくる。

しかし、これはユラの仕掛けた罠だ。

避難民の中には一般市民に見せかけた賊《ぞく》が何人もまぎれこんでいる。

門をあけ、避難民を受け入れたが最後、彼らが学園中で暴れ回る仕掛けだ。敵の襲撃なんか予想していなかった騎士科学生は抵抗する間もなく殺され、女子寮は彼らに蹂躙《じゅうりん》しつくされる。もちろん聖女だって襲われてバッドエンドだ。

悲劇を回避するための絶対の条件、それは門の死守だ。

人でなしと言われようが、なんだろうが、彼らを中に入れてはいけない。

もちろん、そんなことをしたらイベントにかかわった攻略対象との関係はぎくしゃくしてしまうけど、大虐殺が起きるよりはマシである。

好感度は上げ直せるけど、命は取り返せないからね！

とはいえ、今日のこの日まで私自身はこのイベントをそこまで危険だとは思ってなかったんだよね。

去年の侯爵令嬢誘拐事件の時に、王妃派女子をはじめとした王立学園内のスパイは一掃していたから。今の学園は騎士科を中心に、規律正しくまとまっている。

災害が起きれば大門を閉ざし、まわりで何が起きようとも中の生徒たちを守る。そのルールが徹底されるはずだったから。

門を開けるようなバカはいないとたかをくくっていたら、まさかの王子ご乱心である。

王子の後先考えない優しさがつらい。

私だって、「誰も見捨てない」を信条に動くところはあるけど、それは全員の命に責任を持った上での話だ。

命を助けるために、別の命を犠牲にするような無計画なマネは絶対しない。

ああ、王子になまじ行動力と地位があるのが面倒くさい。

お願いだから避難所の奥でおとなしくしててほしい。

こう考えると、置物国王ってバカにされてても、邪魔だけはしない現国王って実は偉大な存在だったのかもしれない。

偽物だけど。

「しかし、よくあんな都合のいい場所に避難所があったよな」

フランを交えた私たち高位貴族メンバーでぞろぞろと避難所に移動しながら、ヴァンが言った。それを聞いてフランがにやっと笑う。

「偶然なわけがあるか、あれは俺が用意したものだ」

「えっ……あんた、アレを予想してたのか？　全部？」

ヴァンがぎょっとした顔になる。ケヴィンも目を丸くして、フランを見た。

「俺が何年秘密を共有してると思ってるんだ。六年前の時点で、大地震が起きることはわかっていたからな。父宰相に進言して、避難所を設置させていた」

つまり、六年前も前からすでにイベントを想定して動いていたと。

「え……」

「王都もあまり心配しなくていい。病院などの公共施設を中心に、補強工事や延焼防止措置を講じている。派手に火事が起きているように見えても、都市機能の大部分は無事なはずだ」

「えー……」

「事前に聞かされていたイベント内容に比べて、避難民の到着が早かったが、これはむしろ開発が進んで避難路が整っていた結果だろうな」

「えええええ……」

もう、「えー」しか言葉が出てこない。

なんだよこのスパダリ。

有能がすぎないか。

「むしろ、女子寮の倒壊を予測できなかったのが痛いな」

「あっちはゲーム上では無事だったんだから、しょうがないでしょ」

いつもの『回避した悲劇がめぐりめぐって、別の悲劇になる』だろう。ゲーム攻略本は優秀な予言の書だけど、運命を曲げてまわっている以上毎回その通りになるとは限らない。

「理屈はわかるけどよ、宰相もよくその進言を受けたな。王都で地震とか、普通信じられねえだろ」

言われてフランは笑う。

「六年前にハルバード家とかかわった時点で、ミセリコルデ家は一生分の奇跡を体験させられている。いまさら息子が少々変なことを言い出したくらいでは驚かんよ」

そういえば、身近なぶんフランのことばっかり気にしてたけど、宰相閣下自身もいろいろ大変な目にあってたんだっけ。

自分と娘の暗殺事件に始まって、騎士団長の断罪劇に息子の奇跡的生還。再会したと思ったら、本人は十一歳の女の子の補佐官になると言い出すし。その二年後には、息子の依頼で王弟と伯爵令嬢の入れ替わりにかかわって、さらに翌年はハルバードと長男入れ替え結婚計画だもんね……。

宰相閣下目線の人生も波瀾万丈すぎる。

「リリィは何も知らなかったの？」

ケヴィンにたずねられて、私はぶんぶんと首を左右に振った。

知ってたら、城壁であそこまであせってないってば！

「領地で仕事に埋もれてた私に、そんな気遣いできるわけないじゃない」

むしろ、私の面倒みながら父親に話を通していたフランがおかしいのだ。

「気にやむ必要はない。ただの適材適所だ」

くつくつとフランはおかしそうに笑う。

「避難所の整備も都市の補強も、国主導の公共事業だ。侯爵家とはいえ一介の令嬢がかかわる問題じゃない。これは大人の、宰相家の仕事だ」

そう言い切るフランの姿は、いつも以上に大きく見えた。

世界の危機だとか、国の存亡だとか。

ゲームの中の世界ではそんなとんでもない事件が起きるたびに、十代の主人公を中心に子どもたちが必死になって戦っていた。そこに大人が出てくることは少ない。

でも現実の世界には、優秀な大人はたくさんいて、彼らも世界をよりよくするために、私たちを助けるために動いてくれている。

世界はゲームプレイヤーと攻略対象だけでできてるわけじゃない。

生きている人たち全部でできているんだ。

自分たちだけで世界を救う気になってたなんて、傲慢《ごうまん》もいいところだ。

(もう十分現実を生きてるつもりだったのになあ)

まだ私の中にはゲーム気分が残ってたらしい。

「……ありがとう」

フランにだけ聞こえるよう、ぼそりとつぶやく。

フランもまた、私にだけわかるよう軽く肩をすくめた。

今日ほど王子の婚約者の立場が煩《わずら》わしいと思ったことはない。

人目さえなければ、抱きついて全力で感謝の気持ちを伝えるのに。

いつか絶対、全力で今まで我慢してきた気持ちをフランにぶつけてやる。そう心に誓って、私は女子生徒たちが待つ避難所へと向かった。

ぼっち王子（オリヴァー視点）

「王子、お守りできず申し訳ありません」

避難民たちが去ったあと、城壁の側に座り込んでいた俺のそばに、やっとヘルムートが近づいてきた。俺は軽く手をあげる。

「いい。さっきのは投げられて当然だ」

「しかし……」

「むしろ、彼が止めてくれてよかった」

職責をまっとうできなかったことを悔やむ従者を止める。

部外者の立ち入りを拒まれ、悔しそうに去っていく避難民の男たち。その姿は助けが必要な弱者にはとうてい見えなかった。

『王立学園内に入らなければならない理由でもあるのか』

彼らに庇護《ひご》を受ける以外の目的があることを示されて、ぞっとした。

この学園には貴重なものがたくさんある。

何百年も前から伝えられてきた貴重な資料に、高価な実験器具。

騎士教育のために用意された数々の武器。

そして戦う術を持たない、か弱い少女たち。

悪意を持つ者たちにとって、この学園は宝の山だ。理由をつけて入り込もうとする不届き者はいくらでもいると、わかっていたはずなのに。

押し寄せてきた市民を前に、まともな判断ができなくなっていた。

「……何が、王子か」

自分はいつもこうだ。

母が勧めてくれた縁談は、侯爵令嬢を陥れるための罠だった。

幼なじみたちは学園内に不和の種をばらまく、悪意ある生徒だった。

親切な女友達と思った少女は寵愛《ちょうあい》ほしさに、婚約者を傷つけようとしていた。

そして、今回。

助けようと手を差し伸べようとした避難民は、学園を狙う賊だった。

信じた相手が、ことごとく悪意の刃を隠し持っている。

どれもこれも見抜けない自分は、まわりを危険にさらしてばかりだ。

『自分以外すべてを疑う、それでやっとスタートラインに立てるんだ』

数か月前、ヴァンにつきつけられた言葉が胸に刺さる。

信じることで関係を築いてきた自分にとって、あまりに受け入れがたい言葉だった。しかし、何度も裏切られた現実は、彼の言葉が正しいと冷酷に証明してくる。

だからといって立ち止まることも許されない。

もう誰も信じるまいと人から距離を置けば意気地なしと言われ、他者を助けようと動けばよけいなことをするなと叱られる。

王とは、人を頼り頼られる存在なのではないのか。

いや、そもそも。

(自分は王子でもないのだったか)

隠し部屋にあった不気味な鏡は、『ハーティア王家および、勇士七家いずれの遺伝子も確認できません』と断言した。つまり、俺の体に王家の血は一滴も流れていない。

どこの誰とも知れない、馬の骨というわけだ。

母は想い人の血を引かない俺を心底疎《うと》んでいた。自分が父の子であることは間違いないようだ。

しかし、ならば血統のどこで偽物が混ざったというのだろうか。

正しく継承の儀式を行った父もまた、正統な王族のはずなのだから。

……いや、どこで間違ったかなんて、もう関係ない。

どんなにがんばっても、俺は王にはなれない。

その現実の前には、経緯も理由も、なにもかもが無意味だ。

ふと顔をあげると、友人たちと一緒に去っていくリリアーナの姿が見えた。災害の混乱の中にあっても、彼女は変わらず強く美しい。

彼女は俺には一度も見せたこともない花のような笑顔を、ともに歩く青年に向けていた。

暴徒と化していた避難民を鮮やかに追い払った青年だ。

彼は賢くたくましく、ゆるがぬ強さを持っている。

俺は何を思い違いしていたんだろうか。

どう考えても、彼女にふさわしいのは俺じゃない。あの青年だ。

『ハルバードとミセリコルデの婚姻なんて、絶対に阻止してやるんだから』

そんな呪詛《じゅそ》の言葉を放ったのは母だったか。

聞いた直後は何を言っているのかわからなかったが、その後両家のことを調べたらすぐに答えが出た。

神童とうたわれるリリアーナが領主代理をしていた三年間、ミセリコルデの長男が補佐官として派遣されていたのだ。彼とリリアーナの歳の差は七歳。少し離れてはいるが、政略結婚の多い貴族の間では珍しい年齢差ではない。

俺はただ、彼らの仲を裂くためだけに利用された駒だった。

感情面でも、能力面でも、血統の貴さでも劣る俺にはもう、何ひとつ彼に勝るものがない。

完全な敗者だ。

「王子、大丈夫ですか」

ヘルムートが顔をのぞき込んでくる。

母の息がかかった者たちが排除された学園で、俺に声をかけるのはもうこの従者だけだ。だが彼もまた、ランス家の命令がなければここにいないだろう。

この心配そうな顔も、俺を心配しているんじゃない。

俺を倒れさせた責任に問われることを、憂《うれ》えているのだ。

「平気だ」

足に力をこめて、なんとか歩き出す。

真実はともかく今の俺はまだこの国を司る王族の子だ。こんなところでぼんやりしていたら、まわりの足を引っ張ってしまう。

なんてみじめなんだろう。

誰も俺を頼りにしないし、俺もまた誰にも頼れない。

俺は、ひとりだ。

寮母は心配性

「リリアーナ、クリス！　おかえりなさい！」

避難所に戻ってくると、頭に包帯を巻いたミセス・メイプルが出迎えてくれた。福々しいぷくぷくの手で、ふたりまとめてぎゅうっと抱きしめてくれる。

「門前で何かあったと聞いて、もう心配で心配で……」

「避難民の一部が騒いでいただけです。他の避難所に移動したので、もう大丈夫ですよ」

「そう……よかった。あなたたちに怪我はないのね」

「ああ、全員かすり傷ひとつないよ」

クリスがにこりとほほ笑みかけると、やっと安心したのか、ミセス・メイプルがほっと手をはなした。

「あまり無茶をしてはダメよ、あなたたちは女の子なのですから」

「はは……」

私はあいまいに笑い返した。

無茶しないでいたいのはやまやまだけど、女子だからと奥にひっこんでいたところで勝手に問題が解決するわけじゃないからなー。また言いつけを破って叱られる未来しか見えない。

「一緒にいた男の子たちは？」

「世話役のフランと一緒に騎士科の詰め所に行きました。また難民を装った火事場泥棒が来るかもしれないから、歩哨《ほしょう》を強化するそうです」

「避難と怪我人の手当てだけでも忙しいのに……大変ね」

ミセス・メイプルはほう、とため息をつく。

子供を預かる寮母としては生徒全員が心配なんだろう。

「女子寮の生徒たちは今どうしてますか？　体調を崩している子はいませんか」

「ええ、あの子たちなら……」

彼女が説明しようとした時だった。

「ミセス・メイプル」

見慣れたちょい悪イケメン魔法使いが声をかけてきた。彼もまた弟子同様、医療関係者であることを示す白いマントを羽織っている。

そういえば、ディッツも怪我人の治療にあたっていたんだった。

彼は私たちの姿を認めて、いつものようにへらりと笑う。

「お嬢たちも一緒か、ちょうどいい。全員に報告だ」

「怪我人の状況ね」

「救護室に担ぎ込まれた女子生徒のうち、打ち身だとか擦り傷だとか、軽いけがの生徒は手当が終わった。貧血を起こして倒れた生徒も何人かいたが、そいつらも目を覚ましてきてる。薬を飲ませたから、全員落ち着き次第他の生徒に合流できるだろう」

「それはいい知らせだ」

クリスもほっとした顔になった。

「寮がつぶれる前に、全員避難してるからな。大怪我したやつはいない。ただ……」

そこで、ディッツはぽりぽりと無精ひげの生えたあごをかいた。

「セシリアがちょっとよくねえな。あいつだけはいつまでも意識が戻らない。呼吸も脈拍も安定しているから、すぐにどうこうってことはないだろうが」

「まあ……」

ミセス・メイプルが心配そうに口に手をあてる。人一倍気弱な彼女のことは、寮母も常々気にかけていたからだ。

「セシリアは無理に女子寮に戻さず、ディッツが診てくれないかしら。彼女はただびっくりして倒れたってだけじゃなさそうだから」

「わかった。ミセス・メイプルもそれでいいですか？」

「ええ。お願いします」

医者に生徒を託し、寮母は丁寧にお辞儀した。こういう対応は慣れていないのか、ディッツは居心地悪そうに苦笑する。

「男子生徒の被害状況はどうなの？」

「こっちはそこそこ怪我人が出てるな」

ディッツはまたあごをさすりながら、顔をしかめた。

「男子は屋内での怪我がほとんどだな。落ちてきた本で頭をぶつけたやつ、割れた食器を踏んで足を切ったやつ……それから、怪我人を救助しようとして自分が怪我したやつ」

救助活動中に、レスキュー隊員が怪我するのはよくある話だ。まして、ここにいるのはほとんどが騎士見習い。救助中の事故率が高いのは当然かもしれない。

「男子寮まで崩れなくてよかったぜ。女子寮と違って、誰も外に出ろなんて指示は出してないから、何人逃げ遅れてたことやら」

倒壊した女子寮の様子を思い出して、私たちは改めてぞっとする。今回はたまたま私が呼びかけていたからよかったものの、何も指示がなかったら女子の大半は瓦礫の下に埋まっていただろう。

「でも結局男子寮は無事だったから……重傷者は出てない？」

クリスの問いに、ディッツがうなずく。

「命にかかわる怪我をしたやつはいねえ。骨折だの、切り傷だのがほとんどで、応急処置もすんでる。しかし、経過にはちょっと注意が必要だな」

「処置がすんでるのなら、あとは薬を飲んで寝てればいいんじゃないのか？」

騎士の子として、怪我に慣れているお姫様がきょとんとする。ミセス・メイプルもおっとりと首をかしげた。

「騎士科には元々、傷手当の専門医がいますものねえ」

生傷の絶えない士官学校ならではの人事だ。しかし、ディッツは首を振る。

「その薬が足りないんですよ」

「あなたの研究室にストックが山ほどあったでしょ」

私はディッツの研究室を思い返す。建物を一棟まるごと改造して作った秘密基地には、所せましと薬品の瓶が並べられていたはずだ。

「あれは使えねえ。全部ダメになった」

「ダメって、あ、もしかして……」

「揺れたのは男子寮だけじゃねえんだよ。校舎も研究棟も同じ被害にあってる。もちろん、俺の研究室もだ」

私は図書室の惨状を思い出す。

あれと同じことが、ディッツの研究室でも起きてたのだとしたら……。

「薬品や本をいれてた棚が全部倒れて、ぐちゃぐちゃだ。ただ倒れただけならまだしも、容器が壊れて中身が混じったものも多い」

「異物が混ざった薬はもう使えないわね」

「倉庫の奥にしまい込んでた薬が、かろうじて使えるって状況だな。あとは薬草園に生えてるやつと、魔法使いの魔力頼みだ」

「困りましたね……」

ミセス・メイプルが大きくため息をついた。

「普通の災害時なら、王都からの救援物資に頼るところなのですけど」

「王都自体が火事で大変なことになってますからね」

フランは災害対策を進めていたと言っていたけど、王都にどれだけ体力が残ってるかはまだ不明だ。

下手にアテにしないほうがいいだろう。

「ディッツ、私も治療の手伝いに入るわ。専門医じゃないけど、ある程度は……」

「お嬢は待機」

私の提案はこつんと額を小突かれてさえぎられた。

「聞いたぞ。ミセス・メイプルを助けるために重力魔法を使ったんだって？　まだ魔力が回復してないのに、魔力頼みの治療なんかさせられるか」

「う、でも」

「お前を倒れさせたら、後が怖いんだよ。いいから専門職に任せておけ」

フランと同様に、ディッツもまた頼れる大人のひとりだ。ここは彼の言葉に従うのが正しい選択だろう。はがゆい気持ちは残るけど。

「……はい」

「いい子だ。ほら、友達が呼びにきたぞ」

ディッツが視線を移す。見ると、制服を着た女子生徒がこっちに走ってくるところだった。彼女はいつもの調子で、心配しながらぷりぷり怒ってる。

「やっと戻ってきたわね！」

「心配かけてごめん、ライラ」

「そう思うなら、ひとりで飛び出す回数を減らしてちょうだい。……手があいたのなら、来て。みんな集まってるから」

彼女に促《うなが》されて、私たちは女子生徒が集められている講堂へと向かった。

部屋割り

大講堂には、大勢の女子生徒が集められていた。ひとりになるのが怖いのか、彼女たちはそれぞれいくつかのグループに別れつつも、お互いよりそって座り込んでいる。彼女たちが身に着けている服は、男子制服だったり、ローブだったりと、てんでばらばらだ。騎士科が用意した備品の限界なんだろう。でも、寝間着よりはずっといい。

よく見てみると、ライラのようなまとめ役の生徒は女子制服を着ていた。侯爵令嬢ということで真っ先に制服が与えられた私と同様に、人の前に立つ生徒には制服が優先的に割り当てられたらしい。

「みんな、ちゃんと着替えられたみたいね」

声をかけると、少女たちはぱっといっせいに顔をあげた。

「リリアーナ様！」

「門の外で何があったのですか？」

「騎士科の方々がいっせいに向かっていったと……」

「大丈夫よ！」

私はことさら明るく笑ってみせた。クリスも一緒に元気いっぱいの笑顔になる。

「問題は全部片づいた。困るようなことは何もない」

「みんな、ゆっくり休んでていいのよ」

女子生徒の中心である私たちが『大丈夫』と太鼓判を押したことで安心したんだろう。生徒たちはほっとした表情で座り直した。

「さすがの影響力ですわね」

留学生同士で講堂の隅に陣取っていたシュゼットが話しかけてきた。ちぐはぐな服装を着ている留学生たちの中、彼女だけが女子制服を着ている。シュゼットも下手な格好をさせられないとひとりに数えられたらしい。

私は彼女にも笑ってみせる。

「この中でトラブル慣れしてるのは私とクリスぐらいだから。そう言うシュゼットだって、ずいぶん落ち着いてるじゃない」

「私も王族のはしくれですもの。危機的状況ほど、落ち着くように教育されてますわ」

「おお……」

さすがお姫様。教育水準が高い。

私が感心していると、シュゼットは困ったように眉をさげる。

「とはいえ、下手なことをしてしまわないよう、おとなしく座っているのがせいぜいなのですけど」

「いやそれ、十分すごいと思うわよ」

どこかの王子様と大違いである。

この状況でシュゼットが冷静でいてくれるのは、正直な話めちゃくちゃ助かる。自分たちのことで手一杯なのに、他国のお姫様にまでパニックで暴れられたら、手に負えない。

「シュゼット様、リリアーナ、少しいいですか？」

今度はライラを連れた副寮母が声をかけてきた。彼女の手には校舎の見取り図らしい紙が握られている。今度は何なんだろう。

「無事な教室棟を仕切って、女子生徒の寝泊りする部屋を用意しました。配置について相談させてください」

「そっか、女子寮にはもう入れないですもんね……」

相談してもらえて助かった。勝手に変な場所に部屋を用意されると身動きできなくなるところだったから。

副寮母は丁寧に見取り図を示しながら説明を始める。

「一般生徒は基本的に一部屋につき十人。寮の部屋割り方針は身分制でしたが……」

「今はそんなこと気にしてる場合じゃないですよね。できるだけ仲のよい生徒同士で、お互いに助け合えるように入れましょう」

「私もそう思います。どの子も突然の災害でパニックになっていますからね」

「特に不安定な子は、ミセス・メイプルたちのそばに配置したほうがいいかもしれません。……先生方には負担をかけることになりますが」

災害にショックを受けているのは、教師も一緒だ。混乱している中で生徒のケアまでするのは、かなりの重労働だろう。しかし副寮母は気丈にほほ笑む。

「むしろ、そういう時のために私たちがいるのです。安心して頼ってください」

問題教師が一掃された王立学園、頼もしすぎる。ゲーム通りのギスギスマダムが支配する女子寮じゃ、こんなにスムーズに部屋割りが進まなかっただろう。

「シュゼット様をはじめとしたキラウェア留学生の女子生徒はひとつの部屋にまとまっていただこうかと」

「そうしてくださいませ。私たちもそちらのほうが安心できますわ」

副寮母の配慮に、シュゼットも笑みで返す。しかし副寮母はちょっと困り顔になった。

「とはいえ、シュゼット様たちだけでは何かとご不便かと思いますので……ハーティアの学生も同じ部屋で寝泊りすることをお許しください」

「私たちだけでは、何かあったときに気づきにくいですものね。わかりました、お願いいたします」

シュゼットが素直に受け入れると、副寮母はあからさまにほっとした顔になった。避難所生活は情報が錯そうすることが多いから、仲介役になる生徒がいたほうが便利だろう、っていうのが理由だけど、きっとそれだけじゃない。

たぶん、この状況で他国人の生徒たちを単独行動させられないんだろうなあ。行方不明になっている問題生徒もいるわけだし。

留学生の部屋に入る生徒は、悪い言い方をすれば監視役だ。

シュゼットはこの程度の意図に気づかないほど鈍くない。きっと全部わかった上で、受け入れてくれたんだろう。彼女の心の広さに、重ね重ね感謝だ。

「シュゼット様の部屋には、私が入ります」

ぺこりとライラが頭をさげた。

「あなたが同室ですの？　ふふ、同級生が一緒でほっとしましたわ」

この人選も意図的なものだろう。

ライラは去年特別室に入っていた生徒で、私たちとシュゼットの両者に親しい。監視を抜きにしても、連絡役として適任だ。

「あとはリリアーナとクリスの部屋ですが……」

寮母が私たちを心配そうに見る。

先生方の好きにしてくださいい、って言いたいところだけど、そうもいかないんだよなあ……。

「勇士七家メンバーには個室を用意していただけないでしょうか？」

私は、無理を承知で副寮母に要望をあげた。横で話を聞いていたクリスがきょとんとした顔になる。

「リリィ？　私は別に大部屋でも問題ないぞ」

「クリスだけならそうかもしれないけどね？」

騎士育ちなクリスのサバイバル能力が高いのは知ってるけど、今はその能力を発揮するところじゃない。できれば彼女にも人の目を避けられる場所を用意したい。

「この非常時に今度は何を言い出すのよ」

ライラがあきれ顔になる。

その気持ちはわかるけど、今はかまっていられない。

非常時だからこそ必要なものもある。

「私ひとりが駄目なら、クリスとフィーアの三人で一部屋でもいいので！」

「……何か事情が？」

「いろいろと」

ただし『いろいろ』の内訳は説明できません！

自分でも無茶を言ってる自覚はあるけど、通す必要のある話だ。

「……しかし」

副寮母は、きまずそうにちらりとシュゼットを見た。彼女がそんな反応をしてしまうのは当然だ。だって、たった今シュゼットに、監視役のライラとの同室を認めさせたところだもんね。その直後に、自国の高位貴族に個室を与えるのは失礼すぎる。

明らかな不公平采配《さいはい》だ。

とはいえ、私にも裏事情があるので、折れるわけにもいかない。

「しょうがないですわね」

私たちの沈黙を見かねたシュゼットが、肩をすくめた。

「どうしても必要なのでしょう？　用意して差し上げたらよいのではありませんか」

「シュゼット様がそうおっしゃるなら……でも、三人で一部屋ですよ？　それ以上の場所はそもそも用意できませんから」

「充分です！　ありがとうございます！」

勇士七家だけの個室をゲットして、私は小さくガッツポーズをとる。

よーしこれでかなり動きやすくなったぞー。

理解のある友達ほどありがたいものはない。

と、思っていたら、シュゼットはにんまりと笑った。

「ただし、これはひとつ貸しですわよ」

「う」

「昨日の夜のことといい、今回といい、貸しばかりがどんどん増えていますわねえ」

「ううっ」

「これは機会を見て、たあっぷり返してもらわなくては」

「あ……あの、その、頼ってるばかりのつもりはなくてね？　いつかかならず恩返しはするつもりで！」

借りっぱなしで終わりにする気はないよ！

今は返す機会がないから、積み重なっちゃってるけど！

「く、ふふふふっ……」

あわてていると、シュゼットはこらえきれずに笑い出す。

「わかってますわよ、非常事態ですもの。でもいつか返してくださいね」

「もちろん！」

そう答えたところで、『個室が必要な事情』が発生した。ポケットにいれたアイテムが、わずかに震えている。クリスも気が付いたみたいで、顔をあげた。

「……なるほど、コレか」

私は副寮母に向き直る。

「申し訳ありません、事情ができたのでさっそく個室を使わせてもらいます！」

私はシュゼットたちに詫びると、クリスと一緒に講堂を飛び出した。

オーパーツ

副寮母が用意してくれたのは教室棟の隅の部屋だった。

部屋を確保しただけで、まだ寝泊りする準備が整ってないのだろう。殺風景な部屋には机と椅子がいくつも並んでいる。先に入ったフィーアが素早く部屋の中を確認し、窓のカーテンを全部閉めていった。

私も廊下側から部屋の中をのぞけないよう、持ってきたシーツで目隠しをする。

「準備完了しました。窓はすべて閉鎖、周囲の気配もありません」

ネコミミをぴくぴくさせて、フィーアが報告した。

彼女の鋭い感覚でも、他に人がいないというなら安心だ。

「最初はリリィが何を言い出すのかと思ったが、確かにコレを使うなら人目を避けるべきだろうな」

椅子のひとつに腰かけながら、クリスがポケットから黒い板を取り出した。管制施設から持ち出した異世界産のスマホだ。神の造り出した超アイテムは、クリスの手の中でわずかに振動を繰り返している。

「スマホは存在そのものが国家機密だからね」

現代日本ではありふれた通信機でも、ここでは超一級のオーパーツだ。

最低限、私たちふたりが通信するための密室は必要だろう。

「ハンズフリーでこっそり通話できる機能とか、追加してもらうかな……」

よくよく考えれば、着信がくるたびに隠れる指揮者は不審だ。図書室から出てこない私を観察してた王子と同じように、関心を持った誰かが聞き耳をたてる可能性がある。

いつもの女子寮なら大きな問題はなかっただろう。私もクリスも特別待遇で個室があったから、『ちょっと部屋で仕事』とか言えばどうにでもなったはずだ。

でも個室が建物ごと倒壊した上、災害対応でまわりに必要とされることが多いこの状況では使いにくい。

正体を隠して活躍する変身ヒーローってこんな気持ちだったんだろうか。

まわりが全く気が付かないご都合展開がほしい。面倒くさくてしょうがないから。

私は自分のスマホをポケットから取り出すと、画面を確認した。

着信欄には白い猫のアイコンと『もちお』の名前が表示されている。スマホを配布したメンバーではなく、管制室からの連絡だったらしい。

ナビゲーションはしてても、積極的に使用者にコンタクトをとることのなかったAIにしては珍しい。何か非常事態でも起きたんだろうか。

「はい、もしもし？」

ボタンを押すと、ビデオ通話モードが起動した。見慣れた白猫が管制施設のロビーを背景にして表示される。しかし、次の瞬間画像が揺れた。いや、それだけじゃない、声もガサガサでよく聞き取れない。

『……さま、……を』

「もちお？」

なんだろう、このノイズ。通信障害っぽいけど。

『……しん、機器を……窓……て』

「窓？」

試しに教室中央から、窓際へと移動してみる。すぐに画像がクリアになった。もちおの声も聞き取れるようになる。

『リリアーナ様、聞こえますか？』

「聞こえるわ。あなたは聞こえる？」

『はい、ご対応ありがとうございます』

「ごめん、用件の前に聞きたいんだけど、さっきのノイズってなに？　窓際に来たら減ったけど」

『遮蔽物《しゃへいぶつ》による通信障害ですね』

「え？」

なんだそれ。

もちおの説明がよくわからなくて、私は首をかしげる。建物で通信障害ってなんだ。建物の中ってむしろ通信が安定する場所ってイメージだったけど。

「リリィもわからない話なのか？」

「私もスマホ事情が全部わかってるわけじゃないから……」

考えこんでいたら、スマホの画面が切り替わった。アンテナのついた建物が書かれたイラストが表示される。そのアンテナはスマホと通信しているみたいだった。

『この通信機器は、本来各所に設置した基地局を介して送受信する設計になっています』

「私の知ってるスマホもそんな感じね」

『しかし、現在の地上には利用可能な基地局が存在しません』

「あ」

監視カメラの時と同じだ。

王立学園も含めて、ハーティアの国土には基地局も通信ケーブルも残っていない。端末はあっても情報を中継する機械が存在しないのだ。

『そのためすべての通信機器は、いったん大気圏外の通信衛星を経由しています。なるべく遮蔽物のない場所でご利用ください』

「そういうことかぁー……」

私は思わず頭を抱えてしまった。

通信衛星の電波が届かない場所では、スマホがつながらない。

基地局がないことで生まれた弱点。オーパーツだからこそ存在する問題だ。

「リリィ？」

「この通信端末は建物の奥みたいに屋根が分厚いところだと、うまくつながらないってこと。窓とカーテンくらいは大丈夫だけど、なるべく空の見えるところで使ったほうがよさそうね」

「へえ……神の作った機械にも不思議な弱点があるんだな」

「私も、まさかこんな理由でつながらないとは思ってなかったわよ。説明ありがとう、もちお。それで、用件は何だったの？」

すっかり脱線してしまったけど、もちおも理由があって連絡してきてたはずだ。

『それが……』

申し訳なさそうな顔で白猫が頭をさげる。

『ドローンのひとつが、撃墜されました』

「は……え？　ドローンが？」

私は、白猫の報告が信じられなくて思わずスマホを握り締めた。

神の作り上げた管制施設に保管されていたドローンは、現代日本で使われていたものよりずっと高性能だ。命令したら、勝手に目的地まで飛んで行って仕事をしてくれる設定になっている。もちろん障害物だって自動で避けてくれるはず。

それを、誰かが撃ち落とした？

「敵襲か？」

クリスがさっと顔色を変える。

まさか、ドローンがユラに気づかれた？

それもこんなに早く？

しかしもちおは白くてぷくぷくの前脚をぶんぶんと左右に振った。

「違います！　撃ち落としたのはハルバード侯爵です」

「お父様!?」

「ドローンを不審物と認識したようで、攻撃されてしまいました」

「お父様ああああぁぁぁ……」

ドローンはファンタジーなこの世界の人々にとって未知のアイテムだ。あれを機械だと認識する人間はおそらく存在しない。空を飛ぶ異質な姿を見て、誰かが飛ばした『使い魔』と思うのが普通の感覚だ。

たぶん敵対勢力が放った刺客《しかく》だと思ったんだろう。

この災害時に空を飛ぶ不審な影は、警戒対象だと思いますが！

だからって、いきなり処分しないでください！

「代わりのドローンを派遣することも可能ですが……」

「今はやめて。また撃ち落とされるだけだわ」

お父様は野生動物じみた勘で動くところがある。

一度不審だと判断したものを見逃したりしない。何度代わりを送り込んだところで、全部切って捨ててしまうのがオチだ。そんなもったいないこと、してられない。

もちおもそれを予想したから、勝手に判断しないで私に連絡してきたんだろう。

「とはいえ、どうする？　ドローン抜きでは渡す方法がないいんじゃないか」

クリスがむう、と口をとがらせる。

問題はそこだ。

私たちは今、生徒全体を守るために王立学園に籠城《ろうじょう》している状態だ。部外者が入り込めないかわりに、私たち自身も外に出ることができない。ドローン以外の方法で、スマホを外に持ち出すのは無理だ。

「ハルバード侯に通信端末をお届けするのは控えますか？」

「う〜ん、せっかくだから宰相閣下と楽に連絡をとれるようにしてあげたいんだよね」

ふたりは行政と治安維持部隊のトップだ。

彼らが伝令を使わずに連絡を取り合えたら、動きやすくなるはず。

「そういえば宰相閣下には渡せたのか？」

クリスがたずねる。もちおはこくりとふわふわの頭を縦に振った。

「はい。ドローンや通信機器の姿に多少驚かれていましたが、リリアーナ様のお名前を出して説明したところ、ご納得いただけました」

「そこ、私の名前なの？　息子じゃなくて？」

「はは、当然の話だな」

声をあげる私を見て、クリスが笑い出した。

「宰相閣下のまわりで奇跡を起こしているのは、だいたいリリィじゃないか」

「ご主人様のご活躍が評価されているのは、よいことだと思います」

「なんか、納得いかない……！」

とはいえ、宰相閣下にスマホが届いているのはいい知らせだ。この際だから、利用させてもらおう。

「もちお、宰相閣下にコールして」

機械が使えないなら、人力で！

もちおに命令すると、すぐにスマホの表示が切り替わった。

ギュスターヴ・ミセリコルデと宰相閣下のフルネームが表示されて、コール音が鳴り始める。おなじみの動作だけど、ファンタジー世界で体験するのは、違和感が大きすぎてなんだか居心地が悪い。

「思ったより時間がかかるな」

なんとなくじっと黙ってたら、待つのに飽きたっぽいクリスがそんなことを言い出した。

「私たちと同じ事情なんじゃないかしら。宰相閣下も、部下から離れてこっそりアイテムを使うとなったら、段取りが大変だと思うし」

『……現在、王宮側の簡易指揮所を移動中です』

白猫がぽそりと状況を報告した。

「思った通りの状況っぽいわね。もちお、こっそり音声通信だけできるアイテムってない？　目立たないイヤホンとかマイクとか」

『作戦活動用のワイヤレスイヤホンマイクであれば、ご用意が可能です』

「やっぱりあるんだ？」

スマホの画面が切り替わって、ワイヤレスイヤホンがいくつか表示された。

身に着けるタイプの通信機は昔からあるから、管制施設に用意されてるのは自然な話なのかな。

「じゃあ、それも人数分改めて配布してちょうだい。できるだけ目立たないデザインで」

『かしこまりました。……あ、先方とつながるようです』

もちおがつぶやいたかと思うと、また画面が切り替わった。

インカメラを不思議そうにのぞき込む、上品なおじさまの姿が表示される。フランの父、宰相閣下だ。災害対応で走り回っていたせいだろう、いつもきっちり整えていた髪は少し乱れていて、服も全体的に煤で黒く汚れていた。

私は自分のカメラを確認してから、にっこりと淑女の微笑みをうかべる。

「お久しぶりです、宰相閣下」

『ああ……リリアーナ嬢。元気そうな顔が見れてよかった。クリス様も』

「ご無沙汰しています」

私の後ろで、クリスも軽く頭を下げた。

疲れてはいても、気力は尽きていないらしい。宰相閣下はいつもの落ち着いた理知的な笑みをこちらに向けてくれた。

『顔を見て無事を確認できてよかった。受け取った時は面食らったが、思った以上に便利な道具だな、これは』

「ぜひお役立てください」

『ありがたく使わせてもらうよ。……それで、何かあったのかな？　君のことだ、何の意味もなく連絡してこないだろう』

「お話が早くて助かります」

私は素直に頭をさげた。

理解のある大人に感謝だ。

「父に関することです。実は、閣下にお渡ししたスマホと同じものを、父に届けようとしたのですが」

『ああ、私もこれでハルバード侯と連絡を取り合えたら、と思っていた。それで？』

「その……ドローンを父のところに派遣したら、撃墜されてしまって」

『げきつい』

閣下が真顔になった。

その気持ちはわかります！

「父にスマホを渡す方法について、相談させてください」

『……わかった』

少し考えてから、宰相閣下は首を振った。

『私が直接ハルバード侯に通信機を渡すのは無理だな。お互い、持ち場を離れられない』

「おふたりとも、災害救助の指揮をとられてますからね」

『だからといって、部下に運ばせるのも不安だ。この混乱している状況では信用に足る者があまりに少ない』

汚職騎士の粛清《しゅくせい》と行政改革のおかげで、かなりまともになった王宮だけど、まだまだ王妃派の貴族つまりユラの息のかかった人間は多い。この混乱に乗じてどんな暗躍《あんやく》をされるかわかったものじゃない。そう思えば、宰相閣下の警戒は当然だ。

『……これは、勇士の末裔《まつえい》であれば誰でも持てるのか？』

しばらくして、宰相閣下がたずねてきた。私は首を横に振る。

「いいえ。勇士の末裔で、さらに私かセシリアが許可した人だけが持てます。……なので、同じ勇士であっても、ランス伯やヘルムートにはお渡ししていません」

『いい判断だ』

宰相閣下は満足げにうなずく。そして、にやりと笑った。

『では、娘のマリアンヌはどうだ？』

「大丈夫だと思います！」

そういえばそうだった。

マリィお姉さまも、私やフランと同じ勇士七家の末裔だ。十分スマホを持つ資格がある。

そして、宰相閣下が信頼する有能跡取でもある。

『災害が起きる前から、マリアンヌには後継として仕事を手伝わせていた。私の名代として、ハルバード候を訪問しても不自然はないだろう』

「わかりました。もちお、スマホとアクセサリーを二台分用意して、マリアンヌお姉さまに届けてちょうだい」

『かしこまりました』

画面の中で、白猫がこくりとうなずく。あとはもちおがいい感じに調整してくれるだろう。

「ありがとうございます、閣下」

『これは私にとっても益のあることだ、礼にはおよばない』

「元は父が野生児すぎるのが原因なので……それと、もうひとつお礼を申し上げたいことがあります」

そう言うと、閣下は不思議そうな顔になった。

私はいったんフィーアにスマホを持たせると、背筋を伸ばしてからカメラに向かって丁寧にお辞儀する。

「地震にそなえ街を整備し、避難所を設置してくださったのは閣下だと、フランから聞きました。ありがとうございます、閣下のおかげで王立学園の生徒が救われました」

避難所の設置を進言したのはフランだけど、実際に予算を確保してすべてを整えたのは宰相閣下だ。彼こそが私たちの命の恩人と言える。

私の後ろでクリスもまた頭をさげた。

『それも感謝の必要のないことだ。そもそも、身分の上下にかかわらず民すべてを救うのが宰相家の役割だからな。……だが』

ふと、宰相閣下が優しくほほ笑む。

『私のしたことで君たちが助かったのなら、これほどうれしいことはない。生きていてくれてよかった』

「はい、本当にありがとうございました！」

『できるだけ早いうちに、学園にも正規軍を救助に向かわせる。それまで、持ちこたえてくれ』

「まかせてください、私たちはけっこう強いので！」

『いつもながら君は頼もしいな。学園の生徒たちをよろしく頼む』

私たちはお互い笑顔で通話を終了した。

さーて、あとは助けが来るまでふんばるとしますか！

「通信機が必要な用事は終わったから、女子生徒と合流しましょうか」

通話を終了させた私は、後ろに座っていたクリスを振り返った。

生徒のまとめ役ポジションのはずなのに、呼び出されて席を外してばかりだ。ある程度落ち着いてきたことだし、ここからはしっかり働かないと。

「ああすぐに行こ……」

私の声に応えて立ち上がろうとしたクリスは……ズダン！　とその場に倒れこんだ。

「クリス⁉」

「あ、あれ……？」

クリス自身も驚いたらしい。目をぱちぱちとさせながら、ゆっくり体を起こした。でも、その動作はひどく緩慢《かんまん》だ。眼の焦点も微妙にあってない。

「クリス？」

「あー……すまない。リリィは先に戻っててくれないか、ちょっと頭が……くらくら、して」

「それ、ちょっとって言わないわよ」

元気で健康が取柄のクリスがぼんやりするなんて異常事態だ。ただの疲れだけならいいけど、感染症だったら大変なことになる。

私はクリスの額に手を当てた。

「熱はなさそうだし、顔色もそこまで悪くないけど」

「んー」

「すぐにディッツを呼びにいって……」

ぐうううう……。

クリスの状態を細かく確認しようとした私たちの耳に、とてつもない音が聞こえてきた。たぶん、クリスのお腹のあたりから。

「あれ？」

「ん？」

私たちはお互いに顔を見合わせた。静かに控えていたフィーアが、ごほんと咳払いする。

「……失礼ながら、クリス様のめまいは空腹によるものではないでしょうか」

「あっ」

よくよく考えてみたら、私たちは全員、地震でたたき起こされてから走り回りっぱなしである。その間に、食事をした記憶も、水を飲んだ記憶すらない。

明らかな異常事態だ。

「空腹とめまいの区別がつかなくなるとは……どうかしてるな」

自分自身の状態が信じられなかったのか、クリスも目を丸くする。

「緊張し続きだったもの、しょうがないわよ」

アドレナリンの過剰分泌で、空腹感や疲労感がわからなくなっていたんだろう。

災害現場でたまに聞く話だ。

頼れる大人に連絡がついたことで、緊張の糸が切れてしまったようだ。

「お水を飲んで、少し何かお腹にいれましょ。食事と休憩をとれば、落ち着いて感覚が元に戻るはずだから」

「わかった、そうする」

今はたいしたことないけど、疲労と空腹は免疫力を低下させる。丈夫なクリスでも、このまま放っておいたら、倒れて大変なことになるだろう。

「問題は、この状況で食べ物が残ってるかってとこよね」

地震が揺さぶったのは図書室や医務室だけじゃない。食堂だってかなり揺れたはずだ。火事こそ起きてないけど、中は棚から落ちてきた食器類でぐちゃぐちゃのはずだ。まともに料理ができるとは思えない。

「その心配はなさそうですよ」

フィーアがネコミミをぴくぴくと震わせた。すん、と軽く何かにおいをかぐ仕草をする。

なにを感じ取ったのか、彼女は廊下に出ると私たちを案内して歩き始めた。

悪役令嬢は衣食住を確保したい

非常食

「ああ、お前たちか」

フィーアに連れられて中庭に出ると、イケメンがこっちを振り返った。

え？　何？

なんなのこの光景。

泣きボクロがセクシーな黒髪細マッチョ美青年が、シャツを腕まくりして、腰にエプロン巻いて立ってるんだけど？　しかも手には金属製のお玉とか持ってるんだけど？　その上そばには巨大な寸胴鍋がぐつぐつ湯気を立ててるんだけど？

料理男子、バンザイ！

演出担当さん、ココ！

ココですよ！

衣装差分スチルさしはさむなら、絶対ココですよ！

さあさあ、スチルを！　スチルを入れるのです！

「リリィ？」

思わず存在しないゲーム制作者に魂の叫びをぶつけていたら、冷ややかな声をかけられてしまった。

恋人のはずのエプロン男子が、訝し気な顔でこちらを見ている。

いかんいかん。

あまりにオイシイシチュエーションすぎて、思わず理性が飛びそうになってしまった。

軽く頭を振って、邪念を払ってから改めてたずねる。

「……高位貴族のフランが、こんなところで何やってるの？」

よくよく見ると、そこにいたのはフランだけじゃない。騎士科生徒たちが何人も集まって、それぞれ中庭で火をおこしていた。その中には、見慣れた銀髪コンビ、ヴァンとケヴィンの姿もある。

「もう昼過ぎだからな。そろそろ腹をすかせる生徒が出てくる時間だが、厨房《ちゅうぼう》はどこも壊れているだろう」

「それで外に？」

「行軍訓練用の調理器具は倉庫にしまわれていて、無事だったから」

「軍用の機材なんだ？　これ」

よくよく見てみると、彼らが使っているのは無骨な大鍋だ。使われている食器には装飾も何もなく、最低限料理を載せる皿としての機能しかない。フォークやスプーンなどのカトラリー類も見当たらなかった。

でも。

「おいしそう……」

見た目は無骨でも、鍋からはいいにおいがたちのぼっている。それを聞いて、フランはふっと口元を緩めた。

「食器や調理器具は最低限だが、食材は寮の食糧庫のものだ。悪くない味だと思うぞ」

「なんでもいい……食べさせて。お腹すいた」

クリスが鍋をかきまわしていた婚約者にあわれっぽい声をかける。ヴァンは苦笑しながら、お皿にスープをよそって、パンと一緒に渡した。

「食え食え！　腹が減ってたら、何もできないからな」

「ありがとう！」

クリスは満面の笑みで器を受け取った。

スプーンもなしに直接皿からスープを飲むとか、深窓のご令嬢が見たら卒倒しそうな食べ方だ。しかし、彼女はもともと騎士伯家の出身。おじいさんにかなりワイルドに育てられた影響で、全然気にならないみたいだ。というか、むしろめちゃくちゃ馴染んでる。

「お前も食べろ」

フランがすっとお皿を差し出してくれる。メニューはクリスと一緒だ。

私も非常時のお行儀は気にしないほうだけど。

「私はあとでいいわ。他の子がちゃんと食べてからで」

お腹がすいてないといえばウソになるけど、めまいを起こして倒れたクリスほどじゃない。非常事態の食事はまず、弱っている子からだ。

そう思ったけど、フランはお皿をひっこめてくれない。私たちのところにやってきたケヴィンも困り顔で肩をすくめる。

「その、他の生徒のために食べてほしいんだ」

「なにそれ」

はあ、とフランが息を吐いた。

「騎士科の男子生徒は、野戦料理でも平気で食べるんだがな」

「行軍中は自給自足が原則だものね」

どんなに裕福な騎士でも、戦場にメイドや使用人を連れてはいけない。戦地では、派遣された兵士だけで寝泊りして食事をとるものだ。時には敗走し、ひとりだけで荒野を生き延びなければならないことだってあるだろう。

だから、騎士科生徒は全員野営訓練でサバイバルスキルを身に着けさせられる。

彼らにしてみたら襲撃の恐れのない中庭で作る、野菜たっぷりスープはピクニックみたいなものだろう。

ケヴィンが肩をすくめる。

「でも、女子寮の子たちはそうもいかないでしょ」

「全員深窓のご令嬢だからねえ」

騎士科と女子部では、そもそも学校に通う目的が違う。

騎士が心身を鍛え民を守る術を身に着けるのが目的だとしたら、女子は教養を身に着けよりよい家の花嫁になるのが目的だ。そこにサバイバル訓練などという科目は存在しない。

有事の心構えも『なんとしても生き延びろ』じゃなく、『敵に穢《けが》される前に美しく自決しましょう』だしなあ……。

「配給用の皿に配膳されたスープが、食事として認識できないみたいなんだ」

「……あれで目を輝かせるクリスのほうが、レアケースよね」

蝶よ花よと育てられてきた彼女たちの感覚は、わからないでもない。寮の専用サロンで地べたパジャマパーティーやった時だって、お嬢様育ちのライラはすごく驚いてたし。

「だが、お前は平気だろう?」

フランに、にやっと笑いかけられて、私も笑った。

「まあね」

今まで何度も命を狙われてきた私だ。いまさら野戦料理くらいで驚いたりしない。

「女子寮最高位の侯爵令嬢とお姫様が、うまそうに食べていたら少しは意識が変わると思わないか?」

「わかったわ、まかせて」

こういうお仕事は得意分野だ。

にっこり笑って、フランから器を受け取る。それから、夢中でスープを食べているクリスの手を取った。

「行くわよ」

「ええっ、まだごはん食べてないんだけど」

「そのごはんを、あっちで食べるの」

私が移動先を指し示すと、クリスは不満げにぷう、と頬をふくらませた。

「食べるだけならここでもいいじゃないか」

お腹すいてるのはわかってるけどね!

騎士はともかく女子が立ち食いはダメだと思うの。

それにここじゃオーディエンスが少なすぎる。

「あっちで座って食べましょ。フィーア、食事と一緒に飲み物も運べる?」

「かしこまりました」

私はクリスを連れて、わざと女子生徒たちが集まる講堂の窓から見える位置に移動した。無事なべンチを見つけて、そこに座り込む。クリスもすぐ隣に座ってきた。

「もう食べていい？」

「いいわよ。フィーアも一緒に食べましょ」

「はい」

私たちは、いっせいに料理に口をつける。

フランが作ってくれたスープは、思ったよりずっとおいしかった。

「野戦料理のわりに優しい味ね」

「うん。野菜たっぷりだ」

テーブルマナーだけは上品に、しかしすごい勢いでクリスが料理を平らげていく。こんな早食い、ミセス・メイプルに見つかったら叱られそうな気がするけど、今は何も言う気が起きなかった。だってこんな幸せそうにごはんを食べる美少女、誰も止められない。

「んー……お腹が落ち着く……」

私も自分で思っていた以上にお腹がすいてたらしい。

クリスにつられるのもあって、ちょっと早食いだ。喉につまらせないよう気を付けないと。

こんなしょうもない理由でむせて、ディッツのお世話になるなんて恥ずかしすぎる。

「おかわりもらってくる」

ぺろっと一食ぶん平らげたクリスがすっと立ち上がった。いそいそとヴァンたちのいるところへ歩いていく。本来はひとり一食なんだろうけど、今は止めないでおいた。きっとクリスに甘い婚約者はおかわりをよそってくれるだろうし、それに……。

「今度は何を始めましたの？」

講堂から出てきた女子生徒が私に声をかけてきた。ブロンズ色の髪が綺麗なお姫様と、ツンデレお嬢様が呆れ顔で私たちを見ている。

よし、かかった。

クリスがうっきうきでごはんを食べてる姿に気を引かれたんだろう。

女子寮に影響力のある生徒を釣りあげて、私は心の中でガッツポーズになる。

「お昼ごはんよ！」

「それが……？」

シュゼットは困惑しながら、私の手元の食事とクリスの様子をかわるがわる見ている。

非常時でも冷静たれ、と教育されていた彼女も、さすがに皿から直接料理を食べろとは指導されなかったんだろう。状況が受け止めきれずに、淑女の顔がひきつっている。

「すっごくおいしいわよ！」

にこっと笑ってあげると、シュゼットの顔がさらに引きつった。私は畳みかけるように言葉を重ねる。

「味付けはシンプルだけど、使ってるお肉は男子寮の貯蔵庫のものだし、野菜だって校内の菜園で採れたものだわ。いつもの食堂メニューと大差ないわよ」

「でも、スプーンもなしにパンだけで食べるって……」

「そこが楽しいんじゃない」

にこにこ顔のままの私に、シュゼットがたじろぐ。

興味はあるけど踏ん切りがつかないっぽい。気持ちはわかるけど、そこは思い切って食べちゃったほうがいいと思うぞー。箱入り娘でも食事が必要なのは騎士と変わらない。野戦食でもなんでも食べてもらわなくちゃ。

「なんだ、君たちも食べに来たのか？」

次はどう声をかけようかと思っていたら、クリスが戻ってきた。

その手には案の定大盛のスープとパンがある。

「早く行ってもらって来い！　めちゃくちゃおいしいから！」

「え……あ……」

「ヴァン！　ふたり分お願い！」

「わかったー！」

お姫様が次期伯爵に配膳を依頼してしまい、シュゼットの逃げ場が塞《ふさ》がれた。これで『食べたくない』なんて拒否したら、大変な失礼なことになってしまう。

私は食器を横に置いて、シュゼットの背中をぽんぽんと叩いた。

「食べなさいよ。お腹がすいたままじゃ元気が出ないわ」

「それはそうなんですけど」

「大丈夫、生きるためには、女の子だってたまにはお行儀悪くなってもいいのよ」

「……うう」

「あんたって、いつもそうよね……」

ずっとシュゼットの後ろに控えていたライラが、はあ……と大きなため息をついた。

それからシュゼットに向き直る。

「シュゼット様、腹をくくりましょう。どちらにせよ食事は必要ですし、私たちが食べ始めれば、他の女子たちも口をつけるでしょう。彼女たちを救うためにも、私たちが勇気を出すべきです」

「そ……そうですわよね」

「どうせ、我が国のお姫様がアレで、侯爵令嬢がコレなんです。外聞どうこう言う者なんて出ませんよ」

野戦食仲間ゲットは嬉しいけど、その評価はどうかと思うの！

やると決めたら即行動、とライラがシュゼットのとあわせてふたり分の食事を持って戻ってくる。

私たちと並んで、彼女たちも食事を始めた。

「思ったより……味は普通ですのね」

パンをスープにひたして、おそるおそる口に運んだ異国のお姫様は、びっくり顔のままつぶやいた。

「言ったでしょ、食材はいつもと一緒だって」

「はい、おいしいです」

一口食べて、ふっきれたんだろう。シュゼットもライラも、もくもくと食べ始める。

やっぱりお腹はすいていたみたいで、一口食べるごとにその顔色が明るくなっていった。

それを見て、講堂の奥からまた女の子が何人かずつ出てきた。彼女たちもまた、私やシュゼットたちをじっと観察してから、ヴァンたちのもとへと歩き始める。

「これで、よし」

流れができたらもう大丈夫。

私はひとり、またひとりと食事を始める女子生徒から視線を外して、自分の食事を再開した。騎士科の男の子たちがせっかく作ってくれた手料理だ、完食しないともったいない。

スープの最後の一滴までパンでぬぐって、顔を上げたらこちらをじっと見るシュゼットと目があった。

「どうしたの？　何か嫌いなものでも入ってた？」

「いいえ。食事に問題はありませんわ。ただ……あなたの肝《きも》の太さがつくづく信じられなくて。どう

教育されたらこうなるのかしら」

「ん〜〜教育っていうより、私のはただの経験則よ」

「経験……？」

「十一歳の時に執事と直属の騎士隊に裏切られて、兄と従者だけで山の中を逃げ回ったのに比べたら、こんなのピクニックと変わらないから」

「え」

私の噂話は知っていても、騎士たちに殺されかかったところまでは知らなかったんだろう。パンを持っていたシュゼットの手が止まる。隣でクリスが笑い出した。

「お見合いに行ったら護衛に裏切られて、子どもだけで逃げ回ったとかな」

「そんなこともあったわね」

ただその一件は非公開情報なので、あまり簡単に口にしないでいただきたい。

変な逸話《いつわ》が多すぎるせいで誰も深くつっこんでこないけど。

「子どものころから、騒動に巻き込まれてばかりいたせいで、何度も危ない目にあってるのよ。それで、万が一のことがあっても死なないよう、魔法の教師からサバイバル指導も受けてるの」

公にはなってないけど、東の賢者は金貨の魔女として裏世界で活躍していた過去がある。こと身を隠して逃げ回るスキルにかけては、彼の右に出るものはいない。

「だから、何かあってひとりになったとしても、自分で煮炊きをしながら馬に乗ってひたすら逃げるくらいのことはできるの」

我ながら、生き残る技術だけ見れば、かなり高スペックなご令嬢だと思う。

ただ敵が王妃様だとか邪神だとかなので、いくらスキルを積んだところで、安心できないんだけどね。

「……かなわないわけですわ」

「すごいでしょ、って自慢するものでもないか」

だけど、と食事する女子生徒を見ていて少し思い直す。

「女子寮生徒には、ある程度場数を踏ませておいたほうがよかったかも」

「もっと危ない目にあってたほうがいいってことか？」

クリスが首をかしげる。

私はぶんぶんと首を振った。

言いたいことはわかるけど、言い方は考えていただきたい。

「ええと、実際に危険なことをさせる必要はないのよ。ただ、最低限……地震が起きたら、まず身を守るとか、すぐ避難するとか。避難所では不自由な生活になるよ、とか、そういうことを学んでおいたほうがいいなって思ったの」

現代日本の避難訓練の考え方だ。

学校や病院で避難訓練を受けていた時は、『だるいなー』としか思ってなかったけど、実際に予備知識なしで右往左往している生徒たちを見ていればわかる。

避難知識の有無は生き死にを分けるのだ。

邪神の封印が揺らいだハーティアでは、これから災害の頻度が上がる。

次同じことが起きたとして、今回みたいに全員無事とは限らない。

「最低限避難訓練は必要よね。あと、野戦食の試食会」

「このスープを、わざわざ食べさせるんですの？」

シュゼットが目を丸くする。

「大事なことよ」

大きくうなずいて、私は中庭に目を移す。

彼女たちにとっては、被災することそのものが大きなストレスだ。こんな状態で、食べたこともない料理を、想像もつかない作法で食べさせられるのは、さらに大きなストレスになる。

私たちが食べて見せたことで、やっとスープに口をつけるようになったけど、こんなパフォーマンス、毎回やってられない。

「何かあったとき、こんなものが出るってあらかじめ知ってれば、あの子たちだって手を出しやすいでしょ」

（今思えば、非常食クッキーの試食とか、けっこう大事な教育だったんだなあ……）

小夜子は体質的に食べられるものが少なかったから、災害で流通が止まった時の食事は重要な問題だったんだよね。急に食べ慣れないものを渡されても困るだろうからって、おやつに長期保存パックのアレルギー除去クッキーが出たのはいい思い出だ。

「でも、それって難しいんじゃありませんの」

「どうして？」

今度は私が首をかしげる番だ。

「貴族はプライドこそが大事ですもの。子どもにわざと粗末なものを食べさせる訓練をさせるなんて、家の威信に傷がつきますわ」

「えぇー……」

言いたいことはわからなくもないけど、非常時のプライド面倒くさい。

だからって無理に押し付けるのも何か違う。各家庭に考えが広がらなくちゃ訓練の意味がない。

「じゃあ、避難訓練と一緒で試食会も学校のカリキュラムのひとつにするのはどうかな。国主導で、淑女の心得として体験させる、みたいな感じで」

「……それなら、可能かもしれませんわね」

階級にかかわらず在学生全員が体験することだ。各家庭の事情にかかわらないから、反発は少ないだろう。

「落ち着いたら、女子部の先生とミセス・メイプルに提案してみましょう」

「私も協力しますわ。その訓練はキラウェアでも有益と思いますから」

「問題は、学校がいつ再開できるかってことよね……」

荒れ果てた学校を眺めて私たちはお互いため息をつきあった。

「一番の問題は女子寮だな」

クリスが視線を上にあげた。いつもなら、中庭の垣根ごしに四階建ての女子寮の屋根が見える方角だ。しかし、今そこに建物の姿はない。

「生活基盤そのものがなくなってるんじゃ、勉強は無理よね」

「この場合、授業はどうなるんですの？」

「たぶん、寮を再建するまで休校じゃないかしら」

寝泊りする場所もないのに嫁入り前の女子を何十人も預かってられない。不幸中の幸いというか、何というか、女子部のカリキュラムは花嫁修業がメインだ。卒業資格が就職に直結している男子学生と違って、嫁ぎ先が決まるのなら無理して通う必要はない。この機会に自主退学して結婚してしまう生徒は多そうだ。

「だとすると私の留学はここまで、ですわね……」

ほう……とシュゼットが残念そうなため息をもらす。

ハーティアとの外交戦略が裏にあるとはいえ、表向き彼女の留学目的はお勉強だ。学びの場そのものが存在しないのでは意味がない。

キラウェアとしても、宿舎すらない学校にお姫様を置いておけないだろう。

「やっと仕事が軌道に乗り始めたところだったのに、残念ですわ」

そういえば、つい昨日フランからシュゼットが『こっち側』になったと聞いた。ミセリコルデ家とパイプを作り、新しい外交ルートを作るきっかけができたところだったんだろう。成果を出す直前で仕事を辞めさせられるのはくやしいに違いない。

これでシュゼットが男子なら、『もう一度おいでよ』と言うところだけど、彼女は王族女子。数年以内に結婚して子供を産まなくちゃいけない。身軽な外交活動ができるのは、今回が最後なのだ。

私としても、せっかく仲良くなった彼女と別れるのは残念だ。

「だったら、ハルバードに来る？」

ふと思いついたアイデアを口にしてみた。

シュゼットはぱちぱちと目を瞬《またた》かせる。

「あなたのご実家ですか？」

「そう。この地震は王都を中心に起きたものだから、南部まで被害は出てないはずよ。避難を理由にハルバードへ移動して、そこでお勉強を続けるってのはどうかしら」

いわゆる疎開ってやつだ。

「ハルバード城なら、安全は確保できますわね。でも、キラウェア本国を納得させるには、相応のカリキュラムが必要ですわよ」

「南の名門ハルバード家をナメないでちょうだい」

私はにやっと笑った。

「ダンスの申し子白百合直伝のダンスレッスンでしょ、東の賢者仕込みの医療魔法授業、さらに、大富豪の実業家アルヴィン・ハルバードの経済学授業も受けられるわ」

「お父様が聞いたら卒倒しそうですわね。どうして学園から出たほうが授業水準が上がるんですの」

シュゼットは額に手をあてた。いろいろついていけないらしい。

「世話役のフランをそのまま連れていけば、ミセリコルデ家との外交ルート交渉も続けられるでしょ」

「あなたも嬉しいでしょうしね」

「ナンノコトデスカー？」

混乱する状況で、下手にお世話担当を変えないほうがいいだろうなーって思っただけですよー。下心なんてありませんよー？

「そのハルバード留学、私も行ったらダメか？」

なぜかクリスがずいっと身を乗り出してきた。

うちの家格なら、お姫様がもうひとり増えても問題ありませんが。

「だってハルバードといったら、最強騎士のお膝元だろう？ きっと精強な騎士たちが訓練を……！」

目をうるうるさせながら、おねだりする姿はかわいいんだけど、内容がだいぶアレだった。

クリスらしいといえばクリスらしいんだけどさ。

「いいわ、一緒に行きましょ」

「やった！」

「いっそのこと、女官や侍女希望の女子生徒も全員連れていって、ウチで教育しちゃうかな……」

休校中、暇になっちゃう女子部の先生たちも連れていけば、雇用も守れて一石二鳥だ。それなりに費用はかかるだろうけど、問題をお金で解決するのはハルバードのお家芸だ。

楽しい学生生活の続きを夢見て、私たちは笑いあう。

利点があるといっても、女子生徒をいきなり遠方に集団移住させるのには、いくつもの問題がある。

きっとこんな雑な計画は実現できないだろう。

でも、絵空事だったとしても、被災し殺伐《さつばつ》とした生活を送る私たちには、必要な夢だった。

避難生活の朝

人間が暮らす要素として「衣食住」という言葉がある。

着るものと、食べるものと、住む場所。

人間が暮らすにはその三つをまず確保しなくてはならない。

的を射た言葉だと思う。

実際、住む場所がなくなったとたん、私はとんでもなく不便な生活を強いられることになったんだから。

「……主人様！　ご主人様！　起きてくだだい」

「待って……もうちょっと待って……」

女子寮が崩壊した翌日、侍女に声をかけられた私は喉からうめき声を絞り出した。

眠い。

というかダルい。

血圧が全然上がってないのか、体が重くて思うように動かせなかった。

こんなに体が思うようにならないのは、小夜子だった時以来だ。

「きっつ……」

リリアーナの寝起きは悪くない。

ダンスで鍛えた健康優良児は、血圧も健康優良児だからだ。

しかし、今日ばかりは寝汚《いぎたな》くなってしまうのもしょうがない。だって、いつものふかふかベッドは女子寮の崩壊に巻き込まれて、潰されてしまったんだから。

居室がわりに使うことになった教室に、クッションなんて優しいものはない。いくら侯爵令嬢といえども、救援物資のひとつもない状況では、毛布一枚体に巻いて硬い床の上で横になるしかなかったのだ。

なかなか寝付けず変な夢を見た上に、中途半端なタイミングで起こされて、寝起きは最悪だった。

「リリィ、おはよう！」

隣を見ると、クリスが元気よくストレッチしていた。そこに私のような疲れは見えない。いつも通りツヤツヤピカピカだ。

私の記憶が確かなら、彼女も私と同じように床で寝てたはずなんだけど。

「クレイモアにいる時は、おじい様と一緒に泊りがけで狩りに出たりするからな！この程度問題ない。雨風がしのげてるぶん、快適なくらいだ」

クレイモアの野生児、つよい。

っていうか、男として育てたって事情を差し引いても、孫娘の扱いがワイルドすぎませんか。

「今……おきる……」

重い体をなだめすかして、なんとか体を起こす。

高位貴族の侯爵令嬢には、下々の者を守る義務がある。同じように床で毛布生活をしている女子生徒のケアのために、働かなくちゃならない。

王子様も通うような学校に入ってくる女子は、全員筋金入りのお嬢様育ちだ。

放っておいたら全員倒れてしまう。

「よい……せっ」

体を起こして下着姿から制服に着替える。

自分たちの着るぶんだけでも、制服が残っててよかった。住環境が不自由ななかで、着るものまで不自由だと身動きがとれない。

「とりあえず、顔洗ってくる」

「かしこまりました」

私が廊下に出ると、フィーアもすっと後ろからついてくる。背筋を伸ばして歩くフィーアにも荒れたところはなかった。彼女も護衛として私の知らないところで鍛えられているのだろう。

一晩で疲れを溜めるなんて、私が軟弱……いや、ふたりとも規格外にタフなんだよね？

私が例外ってわけじゃないよね？

頭の中で謎の言い訳をしながら、顔を洗って身支度《みじたく》を整える。

中庭で腹ごしらえをしたら、学内の見回りをする予定だ。一般生徒はともかく、特別室組の私たちは彼らを守る立場にある。生徒間でトラブルが起きてないか、注意して観察しないと。

そう思いながら速足で歩いていると、見知った顔に出くわした。

「……よお」

「おはよう～……リリィ」

男子寮の銀髪コンビ、ヴァンとケヴィンだ。

私と目があうなり、ふたりはそろってあくびする。

「ふたりとも眠そうね。やっぱり被災中じゃ落ち着かなかった？」

女子寮と違って、男子寮は今も立派に建っている。

私たちと違って彼らの部屋に変わりはないはずだ。でも、あちこちで建物が壊れてまわりの環境は一変している。まったくのふだん通りとはいかないだろう。

しかし、私の気遣いは空振りに終わった。

「いや、ちょっと……昨日の夜スマホをいじってたら、寝るのが遅くなって」

「あはは、実は俺も」

ヴァンがへらりと笑って、その隣でケヴィンが苦笑した。

ふたりとも私の心配を返せ。

スマホの機種変したら思わず時間を忘れていじりまわしちゃった、とかあるけどさあ！

異世界人まで同じことをすると思わなかったよ。

「そんなに夢中になるアプリとかあった？」

スマホの機能自体は現代日本と同じだけど、環境はまるで違う。

インターネットで数十億人とつながっていた現代日本とは違い、この世界でのスマホユーザー数は十人程度しかいない。

百四十文字のネタポストを投稿する者もいなければ、バーチャル歌姫に自作の曲を演奏させる作曲家もいないし、三十秒のおもしろ動画を作る者もいない。

スマホという箱はあってもコンテンツがロクに存在しないのだ。

だから、そんなに時間がつぶせるものがあるとは思えなかったんだけど。

「俺がやってたのはコレかな。トランプ？　っていうカードを山札からとって並べていくやつ」

知ってる。

パソコンを買ったらかならず入っているタイプのカードゲームだ。

まさか、神様製のスマホにまで入っているとは。

ケヴィンがそれを聞いて笑う。

「単純なのに思わず何度もやっちゃうよね。俺は表示されてる数字から、どこに爆弾があるか推理するゲームも好きかな」

地雷をスイープするやつだね。

リセットごとに地雷の位置が変わるから、何度でも無限に遊べるお手軽ゲームだ。

「同じ升目を使うものだと、九マスの正方形がたくさん並んでて、一から九までの数字がどこにあてはまるか、考えるゲームもおもしろかった」

なるほどなるほど。

ケヴィンは推理系パズルがお好き、と。

いつも落ち着いてまわりを見ている彼らしい好みだと思う。

「しかし、やっぱ地震のせいで疲れてんのかなあ？　ちょっと夜更《よふ》かししただけだっていうのに、なんか妙に疲れてて」

「それは俺も思った。今まで夜更かししたことなんて何度でもあるのに、思ったより体が重いんだよね」

「……それ、睡眠不足のせいだけじゃないわよ」

話を聞いていた私は、思わずツッコミをいれてしまった。

「なんで？」

ヴァンはきょとんとした顔でこっちを見返す。

本気で気づいてなかったらしい。

「忘れてるようだから教えてあげるけど、私たちが持ってるスマホは『魔力循環式』なの。動力源は、持ち主の体内魔力」

「あ」

ケヴィンがはっと顔をあげた。

「ちょっと通話するくらいなら、ほとんど魔力は消費されないわ。でも、常にユーザーから入力を受けて処理を返すゲームは、大きな負担になるはずよ」

モニターを光らせたりBGMを演奏するのも、魔力消費につながる。彼らは昨日一晩、ずっと小さな魔法を使っていたのと同じ状態だ。体がだるいのは魔力枯渇《こかつ》のせいだろう。

「あんまりゲームばっかりやってたら、体を壊すわよ」

勇士七家の末裔はだいたい魔力持ちだからうっかりしていた。

いざという時体の負担にならないよう、発電機や予備バッテリーの配備を考えておいたほうがいいかもしれない。

だけど、最初の対策として、無用なスマホ操作を制限したほうがいいだろう。

「遊ぶなとは言わないわよ。楽しんで操作してるほうが、扱い方を覚えやすいもの」

しかし、何事も限度というものがある。

「ゲームは一日、一時間まで！」

なぜ私は、異世界に生まれ変わってまで、どこかのご家庭ルールのようなことを宣言しているのだろうか。

解《げ》せぬ。

適材適所

クリスとフィーアを連れて中庭に行くと、そこにはすでに生徒が何人も集まっていた。騎士科の男子生徒だけじゃない。ありあわせの制服を着た女子生徒たちも一緒になって、即席のかまどのまわりで、和気あいあいと食事の支度をしている。

その中の何人かが、私たちの姿をみつけてぱっとこちらに顔を向けた。

「おはようございます、クリス様、リリィ様！」

「おはよう、みなさま」

「君たちも調理に加わってるんだな」

私と同じことがひっかかったんだろう。クリスが彼女たちを不思議そうに見た。

たずねられた女子生徒は、にっこり笑ってみせた。

「女子寮がなくなったからって、うずくまってばかりではいられませんもの」

「リリィ様とクリス様が、私たちの生活を整えるためにあちこち働きかけてくださっている姿を見て、自分たちもなにかしなくちゃ、って思って。ねえ、みなさま？」

話を聞いていた他の女子生徒たちも、こくこく、とうなずく。

「ここに集まっているのは、王宮の女官志望だったり、実家が中流家庭だったりで、もともと家事を躾《しつ》けられていた者ばかりです。お料理ならまかせてください」

「外にかまどがあるのは、初体験ですけれど！」

クスクス、と女子生徒たちが笑い出す。

一緒に作業していた騎士科の男子生徒も苦笑した。

「屋外での火の管理や、力仕事は俺たちに任せてくれ」

なるほど、それでこの組み合わせで料理をしていたのか。

昨日のパニックを目の当たりにしたせいで、女子は全員保護対象、って思ってたけど、実はそうでもなかったらしい。

「食事関係は、彼らに任せておけば大丈夫そうだな」

クリスがほっと息を吐く。

避難生活で食事は重要な課題だ。それを生徒たちだけで解決してくれるのは助かるし、何より生き生き行動している姿は安心できる。

「せっかくだし、朝ごはんをもらってもいいかしら？」

「はい、どうぞ！」

彼女たちは笑顔で料理を用意してくれた。今日のお皿には、どこからか調達してきたスプーンが添えられていた。やっぱりパンだけでは不便ということになったらしい。

座って食べられる場所を求めて、中庭を見回す。ちょうど食事時なのもあって、腰かけやすい場所にはだいたい先客の生徒たちが座っている。と、思ったら一か所だけ人の集まってない場所があった。

そこでは黒衣の青年がひとり、ベンチに腰かけて食事をとっている。

留学生の調整役、という名目で学内に滞在している彼は生徒でも教師でもない。その上高位貴族の大人、ということで生徒たちから遠巻きにされているらしい。

私は朝食を持ったまま、すたすたと青年に向かって歩いていった。

「フラン、おはよう」

「ああ、お前か。おはよう」

フランは食事の手を止めて、ふと口元を緩《ゆる》める。

「相席させてもらうわね」

すとん、と横に座った私を見て、フランがちょっと目を見開く。

「いや……」

彼の躊躇はわかる。何人もの一般生徒がいる中で、一緒に食事をしていたら、あらぬ噂になると思ったんだろう。でも、生徒が多い状況だからこそ使える言い訳もあるのだ。

「生徒をまとめる責任者のひとりとして、意見交換がしたいの。ね、クリス?」

「リリィがそう言うんなら、そうなんだろう」

クリスも苦笑しながら、同じベンチに座った。フィーアもあとからついてくる。

会議の名目、そしてクリスも同席するとなれば、変な噂も立たないだろう。

友達をダシに使ってる気がするけど、非常時だしこれくらいは許されるはず！

「しょうがないな」

フランは諦めたようにため息をつくと、食事を再開した。私たちも朝食に手を付ける。

昨日のスープも悪くなかったけど、今日のスープは段違いにおいしかった。調理班に料理上手な女子生徒が加わったおかげだろう。

「男子寮に残ってる留学生の様子はどう？」

「ユラがいない以外は、特に変わりないな。全員、シュゼットの身を案じていた」

キラウェアから来た留学生のうち、女子はシュゼットと一緒に寝泊りしているけど、男子は建物が残っている男子寮のほうに残ったままだ。部屋があるのに、わざわざ避難所生活をさせる必要はない、という判断なのだろう。

「留学生に限らず、男子生徒のほとんどはもう落ち着いてきている。今日の午後くらいから、生活に必要な施設を中心に復旧作業を始める予定だ」

「まずは、トイレと厨房かしらね」

「それと、食糧貯蔵庫だな。校舎裏に去年導入されたカトラス製の保冷庫があるんだが、術式の一部が破損《はそん》して、うまく動作しなくなっている」

「あったわね、そういえば」

保冷庫はカトラス経済復興の起爆剤として開発されたものだ。我がハルバード侯爵家も共同経営者として出資している。王都への売り込みの一環として、王立学園にも導入されていた。

「保冷庫の維持は大事よね。生鮮食料品があるかどうかで、病気の発生率が変わるもの」

この世界には、まだ缶詰やレトルト食品のような便利な保存食はない。貯蔵されている食料のほとんどは、硬いパンや干し肉だ。そんなものばっかり食べていたら、ビタミン不足で倒れてしまうだろう。冷凍されている生鮮食料品のビタミンは、私たちを支える大事な命綱だ。

「壊れた術式の復旧が課題だな。……開発者がいれば、話は早いんだが」

ちら、と視線を向けられて私は首を振る。保冷庫の開発に天才聖女セシリアがかかわっていたのは、フランも知ってることだ。協力できるなら、させたいけど。

「セシリアはまだ眠ったままよ。作業なんてさせられないわ」

「……わかった。修理は、魔法科の教師たちにまかせるとしよう」

昨日の朝、火に包まれた王都を見て倒れたセシリアは、一昼夜たった今も、ディッツの管理する救護室で眠り続けていた。容態《ようだい》は安定しているみたいだけど、意識不明の重体であることに変わりない。

話を聞いていたクリスが食事の手を止めた。

「まず生活基盤の確保が先か。じゃあ、女子寮の解体はどれくらいの順番になるんだ？」

「少し後になるだろうな」

フランは視線を、女子寮の建物があった方向に向ける。

「あの瓦礫の下にあるのは、女子生徒の私物だ。貴重品もあるだろうが、生活必需品は少ない」

それで優先度がひとつ下がっているらしい。

「できれば衣類だけでも発掘したいんだけどなあ」

私はちぐはぐな制服を着て働いている女子生徒を見る。学園中からかき集めた衣類は、本当に必要最低限の枚数しかない。服装を清潔に保つのも、大事なことだ。

「そういう意見もあるか。わかった、このあと教員を集めた会議があるから、そこで議題にあげておこう」

「ありがとう、フラン！」

「ああ……ふぁ」

返事の途中でフランがあくびをもらした。

珍しい。

完璧補佐官は体調管理も完璧だ。いつもびしっと背筋を正してて、ハルバードにいたときだって眠そうな顔は滅多に見せなかったのに。

「大丈夫？」

「悪い……昨日から少し、魔力が枯渇ぎみでな」

「えっ？　まさか、フランまでゲームの虜《とりこ》に？」

「ゲーム？　何の話だ。昨日の夜、スマホで父とハルバード候と連絡を取りながら、ドローンから送られてきた画像を分析していたんだが」

「だ、だよねー？」

ああびっくりした。

真面目人間のフランが、この非常時に遊びに熱中したりしないよねー。

ぎっ、とフランの眉間にシワが寄る。

「スマホは便利な道具だが、思いのほか魔力の消費ペースが速い。節約しようにも、災害対応の現場ではあまり情報の出し惜しみもできない」

「画像処理系のアプリはどうしてもねえ」

私もうーん、と首をかしげる。

「発電機を手配……って言いたいところだけど、あの手の機械って、音がうるさいしサイズも大きいのよね。魔力に代わる燃料の問題もあるし」

この非常事態に突然音の出る変な機械があらわれたりしたら、注目の的である。神造技術を生徒たちの目にさらすような真似はダメだろう。

「再充電できない状況で、モバイルバッテリーを渡しても焼石に水よね。電力を消費したら、そこでおしまいになっちゃう」

消費するたびに交換する、という手もある。しかしドローンを頻繁に飛ばしていると、今度は管制室が発見されるリスクが高まってしまう。

「せめて画像処理だけでも、誰かに任せられればいいんだが」

「銀髪コンビにはちょっと向かない仕事よね」

ヴァンもケヴィンも物理攻撃タイプだ。支援魔法がそれなりに使えるけど、魔力量自体はさほど多くない。

私は魔力量が多いほうだけど、立場上フランと長時間にわたる共同作業ができない。

「どのみち特別室組のお前たちは、生徒のとりまとめで忙しい。こちらの対応にまでつきあわせるわけにはいかない」

「それはそうなんだけどね？」

恋人としては、お疲れのフランをなんとか助けてあげたい。しかし極秘アイテムのスマホに触る資格があるのは、勇士の末裔だけだ。そもそも該当者が少なすぎる。

「……おそれながら」

護衛として無言を貫いていたフィーアが、すっと手を挙げた。

「なにかあるの？」

「ジェイドをお使いになってはいかがですか。勇士の末裔でアイテムの所有権があり、常人離れした魔力を持っています。医療班に組み込まれていますが、怪我人の手当は一通り終わっているそうなので、そこから抜けてフランドール様の補佐についても、問題ないかと」

「あ」

そういえばそうだった。

彼も勇士ダガーの血を受け継ぐ者だ。

「借りていいか？」

フランにたずねられて、うなずく。

「いいわ。私の命令なら、ジェイドも嫌とは言わないはず」

うちの側近たちは婚約問題でちょうどモメている最中だ。ジェイドをしばらくフランのところに出向させて、物理的に距離をとったほうがいいかもしれない。

「助かる。医療班には、俺のほうから話を通しておこう」

すっとフランが立ち上がった。

彼のお皿はすっかり空になっている。朝食ミーティングはこれでおしまい、ってことらしい。

「気を付けて」

「お前もな」

人目のある場所だから並んで話ができたけど、人目のある場所だからこれ以上近づくわけにはいかない。ただ視線だけかわして、私たちはそれぞれの持ち場へと向かっていった。

悪役令嬢は怪談話を解決したい

新しい怪談

朝食を終えて、女子生徒の集まる講堂にやってきた私たちを迎えたのは、絹を裂くような悲鳴だった。

きゃあ、と少女の甲高い声が部屋に響く。

「なにごとなの？」

声をかけると、悲鳴をあげていた少女たちがこちらを見た。

「リリィ様……！　クリス様も」

少女たちは目に涙をためたまま、こっちに向かってきた。血の気が引いておびえているのは全員一緒。誰かひとりが何かされて、悲鳴をあげたわけではなさそうだ。

「みんな落ち着いて。何があったのか教えてくれないか？」

久々の王子様スタイルで、クリスが少女たちに声をかける。悲鳴をあげていた生徒の中のひとり、三つ編みの女子が他の子に押し出されるようにして前に出た。しかし、話す決心がつかないのか、うろうろと視線をさまよわせる。

「えっと……ほんの噂話程度ですので……」

「その噂話を聞くのが私たちの仕事なの」

特別室組は生徒の悲鳴を放置できない。まずは、ちゃんと顔を見て話を聞かなきゃ。

「あなた、名前は？」

「三年のセイラ・フォンティーヌです……」

「そう、セイラ、私たちに話して」

三つ編みのセイラは、きゅっと小さな拳を握りしめた。

「じ、実は……昨日の夜、学園にバンシーが出たんです」

「ばんしー？」

耳慣れない言葉に、クリスがきょとんとした顔になった。心当たりのあった私は、簡単に説明する。

「伝説上の妖精ね。死期の近い者の家にあらわれては泣き叫んで、嘆き悲しむの」

「泣き叫ぶって……ああ、あのうるさいやつか」

クリスが思わず顔をしかめる。彼女がそんな反応をしてしまったのには理由がある。つい二日前、女神の作ったバーチャルダンジョンの迷惑な魔物として戦っていたからだ。私がすぐに思い出せたのも、そのおかげだ。

「クリス様？」

「気にしないでくれ、こっちの話だ」

とはいえ、ダンジョン内の話は外に漏らせない。クリスは笑ってごまかした。

「昨日の夜、お手洗いに出た時に……聞いちゃったんです。真っ暗な建物の向こうから、ヒィィィ……ヒィィィ……って、甲高い悲鳴が……と……とても、人間のものとは思えない、恐ろし気な声で……！」

語るうちに、どんどん目に涙がたまっていく。

よっぽど恐ろしい思いをしたようだ。

「くだらない、どうせ聞き間違えでしょう」

横から別の女子生徒の声が割り込んできた。

意志の強そうなきりりとした目元の女子生徒だ。この混乱した状況でも、きっちり髪をまとめ、背筋をしゃんと伸ばして立っている。

「えっと、あなたは……」

「申し遅れました。二年のエリーシア・ライルです」

エリーシアはきっちり六十度でお辞儀した。

それから、セイラたちをあきれ顔で見る。

「この学園は、城壁と騎士候補生たちに守られているんですよ。化け物が出るわけがないじゃないですか。おおかた、避難生活で不安になった子が、風の音を悲鳴と聞き間違えたと思われます」

強い風音を悲鳴と聞き間違える。それもよく聞く話だ。

「でもっ……」

セイラは涙目で食い下がった。

「悲鳴を聞いたのは、私だけじゃありません……！　同じ声を聞いた子が、他に何人もいるんですよ」

「それだけ不安定な生徒が多いということでは？」

エリーシアはなおも取り合わない。

これが現代日本の学校なら、私も『気のせい』に一票いれるところなんだけど。

問題は、ここがバンシーが本当に出現していてもおかしくない、ファンタジー世界だってことだ。

邪神との戦闘シミュレーターであるダンジョンにいたってことは、ユラの配下として実際に出現したことがあるんじゃないかなあ。

そうなるとウカツにバンシー説を否定できない。

「いやいや〜その話、本当かもしれませんよぉ？」

新たな人物が会話に参加してきた。

だぶだぶの男子制服を着た女子生徒だ。学園の生徒には珍しく、大きな丸い眼鏡をかけている。

「あなたは？」

「二年のメリンダ・アボットです。実は悲鳴を聞いたのって、女子生徒だけじゃないんですよぉ」

「えっ……」

メリンダはくいっと眼鏡を上げると、懐《ふところ》から手帳を取り出した。

「え〜と、昨夜の歩哨に立った騎士科生徒のうち三名、屋外作業をしていた工兵科生徒が二名、それから、校舎内の見回りをしていた教師一名が、悲鳴のような声を聞いたそうです」

「ずいぶん詳しいわね？」

生徒たちが悲鳴を聞いたのは昨日の夜。今はまだその翌朝だ。耳が早いどころの話じゃない。

「明け方から、もうけっこう噂になってましたからね〜。朝食をとってる生徒たちから、お話を聞いてきました！」

眼鏡をキラっと光らせて、メリンダは笑う。

「噂話をあさるなんて、はしたない」

エリーシアはメリンダにも厳しい目を向ける。まあまあ、と私はふたりの間に割って入った。

「とはいえ、有用な情報だわ。生徒だけじゃなく、大人の教師まで聞いたというのなら、悲鳴は勘違いじゃない可能性が高いもの」

「でしょ？やっぱりバンシーはいるんですよぉ！」

メリンダの断言を聞いて、か弱い女子生徒の間から、また悲鳴があがった。

生徒の不安を頭から否定するのもダメだけど、彼女のような全肯定も面倒だ。

パンパン、と私は手を叩いた。

「おちついて。バンシーがいるのかいないのか、すぐに結論は出せないわ」

「でも……」

「だから、この件はいったん私に預けてもらえないかしら」

バンシーの有無はともかく『学園のあちこちで悲鳴が聞こえた』のは明らかな異常事態だ。生徒の安全を預かる特別室組の生徒として、放置するわけにはいかない。

「学園に不審点があっては、落ち着いて生活できないでしょう。私が徹底的に調べて、何が起きているのか明らかにしてみせるわ」

「リリアーナ様……」

おびえていた女子生徒たちの顔が明るくなる。私が引き受ける、と宣言したことで少し安心したのだろう。事件に首を突っ込みまくったトンデモ令嬢の実績がモノを言ったようだ。

「リリィ……それは大事なことだと思うが」

横で聞いていたクリスが気まずそうな顔になる。

「私はそういう調査とか推理は手伝えないぞ?」

「わかってるわよ。クリスはとにかく行動するのが得意だもんね。私がこっちの調査にかかわるぶん、ミセス・メイプルたちのお手伝いをお願いしていい?」

「わかった。そっちは私が引き受ける」

適材適所は大事なことだ。

「さて」

私は改めて女子生徒たちに向き直った。

「メリンダ、悲鳴を聞いた生徒の情報を共有してちょうだい。それからセイラ、あなたは直接悲鳴を聞いたって言ったわね。詳しい話を聞かせてちょうだい」

まずは、情報を集めないとね！

情報整理

「これで材料が揃ったかしら……」

その日の夜、女子寮特別室組に割り当てられた個室に、私は学園の簡易地図を広げていた。地図には十か所ほど印がつけられ、その横に名前と時刻が記されている。

今日一日かけて聞き込んだ、バンシーの出現ポイントだ。

メリンダの証言通り年齢性別問わず、夜中に外を出歩いた学園関係者の多くが、異常な悲鳴を聞いていた。

「城壁付近に、研究棟、教職員棟……思ったより範囲が広いですね」

私が地図に情報をまとめるのを横から見ていたフィーアが、首をかしげた。

「そうね、場所の偏りは少ないように見えるわ」

「……元からある『七不思議』のひとつ、という可能性はありませんか」

フィーアがぽつりとつぶやく。

思春期の少年少女が集まる学校のお約束なのか、ファンタジー世界の王立学園にも、学校の怪談が存在する。それが『王立学園の七不思議』だ。もともと生徒たちが知っている不気味な話が、災害という異常事態と合わさって、新しい怪談に変化した可能性はないわけではない。

「ん～……でも、今回は違う気がするんだよねえ」

私は印だらけの地図を見る。

実は『王立学園の七不思議』は警備を担当する教職員の手で、すでに徹底的な調査が行われている。嫁入り前の貴族女子を預かる彼らにとって、怪談のような不確定要素は排除対象だからだ。私も女神の乙女ゲームプレイヤーとしてすべての怪談の真相を知っている。

「バンシーの噂話に一番近いのは『悲鳴の壁』だけど、あれは王宮と学園を結ぶ秘密の抜け道を通る風が、悲鳴のように聞こえるって話なの」

私は地図の上に新しい線を引く。

「抜け穴は東の城壁から、こう通ってるから……音が聞こえるのはこの範囲だけ」

フィーアはふむふむとうなずく。

「なるほど、風の通る道が存在しない、研究棟や教職員棟で聞こえるはずがないのですね」

「音の種類も、ちょっと違うみたいだし」

七不思議で語られるのは、突発的な風による『ヒイイイイ』という強い音だ。対して、今回生徒たちが聞いているのは『ヒィィ、ヒィィ』という連続した細い音なのだという。

「あとはそうね……強い風が吹いていた、という証言が『ない』のも気になるわ」

「あ……言われてみれば」

現在、バンシーの正体として一番有力なのは『風の音を聞き間違えた』という説だ。しかし、誰に聞いても、悲鳴と聞き間違えるほど強い風がふいていた、という発言はない。私も、昨日の夜は風の音に悩まされた記憶がない。吹いてないものは、聞き間違えようがないのだ。

「風とは違う別の要因がある、ということですか」

「現時点では、そう判断せざるをえないわ」

さて、と私は地図を折りたたんで立ち上がった。制服の上からケープを羽織って、廊下に出る。

「集められる情報は、全部確認したわ。あとは実地調査ね」

すでに外はもうとっぷりと日が暮れている。

「オバケの正体、この手で明らかにしてやろうじゃないの」

苦笑する護衛を連れて、私は夜の校舎へと足を踏み出した。

考えることは同じ

夜の王立学園は、しんと静まりかえっていた。

昨日は被災初日ということもあって、男子生徒を中心に遅くまで人が出入りしていたけど、今日は人っ子一人いない。バンシー騒ぎを聞きつけた教職員が、生徒全員に夜間外出禁止令を言い渡したからだ。

不確定要素がある間は、外に出るなということらしい。

とはいえ、引きこもってばかりでは、原因がわからない。事実をあきらかにするには、調査あるのみだ。

点呼の対象にならない特別室組の特権は、こういう時都合がよかった。

「まずは人の少ない研究棟のほうから見て回ろうかしら」

「かしこまりました」

「よろしくね、フィーア。あなたの耳、頼りにしてる」

「心得ております」

フィーアは誇らしげに笑って、黒いネコミミをぴこぴこと動かした。

事件の証言者たちは、全員口をそろえて『悲鳴を聞いた』と言う一方で、怪しい影を見たという者はいない。これは音に関する怪異なのだ。

感覚の鋭いフィーアなら、いち早く異常に気が付いてくれるはず。

「あと……人の気配にも警戒して。先生方や見張りが来たらすぐ教えてね」

「逃げ隠れするくらいなら、調査に出なければよかったのでは？」

フィーアはあきれ顔だ。

点呼の対象にはならないけど、全部の校則から対象外になるわけじゃない。

夜間外出禁止令の発動中に出歩いたのがバレたら、いくら侯爵令嬢でも手痛いペナルティを受けるだろう。

にもかかわらず、部屋から出てきたのは、災害に合わせるように出現した怪異が気がかりだったからだ。

今は非常事態だ。

避難所に新たなユラの罠が仕掛けられている可能性だってある。

いろいろ考えるとどうにも落ち着かなくて、部屋でじっとしていられなかった。

「今までだって、直接かかわってきたから、解決してこれわけだし」

むしろ、身の危険があるからと後回しにした結果、事態が悪化したことのほうが多い。この件も、人任せにしていたら、何か大きな見落としをしそうな気がする。そういう時はとにかく行動したほうがいい。失敗したとしても、結果に納得できる。

「わかりました。……あれ？」

ぴん、とフィーアがネコミミをそばだてた。

「何か聞こえた？」

「ええと……」

「やっぱり、人間の声？」

「悲鳴の類ではありません。人の足音です」

「あ、じゃあ隠れなくちゃ」

それを聞いて、私はあたりをきょろきょろと見回す。いつもならすぐに退路を確保してくれるはずの護衛は、なぜかその場に立ち尽くしたまま、大きなため息をついた。

「……もう手遅れだと思いますよ？」

「は？」

目を丸くした瞬間、植え込みの陰からぬうっと黒い人影があらわれた。

「ひっ……！」

人影は、澄んだサファイアブルーの瞳をこちらに向けた。月光に照らされた白い頬には、右目の下にぽつんとひとつ、泣きボクロがある。

青年は私の肩を掴むと、ぎっと眉間に深い皺を寄せた。

「お前というやつは……」

「あ、あれー？　どうしてこんなところにフランが？」

「それは俺のセリフだ！　化け物の噂を聞いて、念のため調査に出て見たら、よりにもよってこんなところで……！」

「奇遇だねー？　私もバンシーの正体を突き止めに来たんだ！」

「アホか！」

頭ごなしに怒られた。

扱いひどくない？

「お前の行動がひどすぎるんだ。一介の生徒がでしゃばるんじゃない、異変の調査は大人にまかせろ。いやそもそも、女子が夜中に出歩くんじゃない」

「でも護衛……」

「フィーアがいてもダメだ」

フランは頑として譲らない。

「ちょっとくらい……」

「あぁ？」

「ゴメンナサイワタシガワルカッタデスユルシテクダサイ」

マジ切れしたイケメン、心の底から怖い。

「ったく……行くぞ」

「え、どこに？」

「避難所のお前の部屋だ。見た以上、放置もできないからな」

そう言って、するっと手が腕に回される。淑女をエスコートする紳士の所作だ。優しく手を引かれてしまうと、抵抗する気持ちが急速にしぼんでいった。

「……こんな接近して歩いていいの」

「足元が悪いなか、女子の手を引くのは男として普通のことだろう」

「……恋人つなぎになってるけど？」

指と、手のひらを絡ませたまま、フランがぎゅっと手を握る。

「こんな暗がりでは、細かいところまで見えない」

それでこの屁理屈である。

この男、年上なんだか、子どもなんだか、時々よくわからない。

嫌じゃないからいいけどさ。

暗い学園の道をフランにエスコートされながら歩く。フィーアが意識的に気配を消してくれているおかげで、まるでふたりきりで歩いてるみたいだ。

「そういえば、こんなふうに並んで歩くのって久しぶりじゃない？」

「お前の側にいるところを、他人に見られるわけにはいかないからな」

「せっかく、同じ学園で寝起きしてるのにね」

新入生歓迎パーティーのあの日から、私もフランも、人の目を気にしてばかりだ。

王子の婚約者という立場が心底煩わしい。

私はため息をついた。

「もうちょっと早く生まれたかったなあ。アルヴィン兄様と双子になるとか」

「あいつと同学年か？」

「そしたら、フランの後輩になれるでしょ？」

同じ王立学園の生徒として、フランと一緒に学園に通う。

それはきっと、最高の学生生活だろう。

フランは苦笑して肩をすくめた。

「ハルバードの問題児をふたりまとめて面倒見るのか。それは骨が折れそうだ」

「そこはかわいい後輩がひとり増えたとか言ってよ」

フランに軽く寄りかかる。

「それでね、きっと私は素敵な先輩を好きになると思うわ」

きゅ、とつないでいる手に力がこめられた。

「ああ……俺もきっと、やんちゃな後輩に恋をするんだろうな」

「いいわね、学園のラブロマンス」

同じ学園の制服を着てふたりで歩くなんて、想像しただけでときめくシチュエーションだ。

「フランの制服姿、見てみたかったなあ」

「無茶を言うな」

「実家にとっておいたりしてないの？」

「どこかにはあると思うが……おい、変な目で見るな。学生のころの服なんて、もう着れないからな？」

「でも十八歳なら身長はもう今と同じくらいでしょ？　入らないってことはないんじゃないの」

「十代と二十代では体の厚みが違う」

なるほど？　言われてみれば今のフランは筋肉でずっしりしてるもんね。

フランは理解不能、という顔で眉間に皺を寄せる。

「そもそも俺の年齢を考えろ。二十四が学生服なんか着られるか」

「だったら、ディッツに言って『年齢操作薬』を調合してもらうとか……」

「たかが制服のために、東の賢者の超技術を乱用するな」

「こういう時のための権力じゃない！」

うちの魔法使い、こういうお遊びネタは楽しむタイプだから、お願いしたら作ってくれると思うのよね。フランを私と同じ年頃に変身させたら、変装にもなって一石二鳥なんじゃないかな？

これはいいことを思いついた。

安全が確保できたら薬を調合しよう。そうしよう。

「お前な……っと」

眉間の皺を深くしてあきれていたフランが、足を止めた。絡めていた手をすっとほどいて距離を取る。

その行動が何を意味するのか。理解した私も一歩さがる。

後ろから静かについてきていたフィーアが、前に出た。

「教師か？」

フランの問いに、フィーアが首を振る。

「女子生徒のようです。人数は、ふたり」

フィーアが私たちを先導するように前を進む。通路を抜けた先、植木が影を落とす暗い中庭に立っていたのは、まとめ髪の女子生徒と、眼鏡をかけた女子生徒だった。

「あなたたち、何をしているの」

声をかけると、女子生徒たちは文字通り飛び上がって驚いた。

「ひゃあっ！」

「あああ悪霊退散っ！」

そのまま逃げ出そうとしたふたりの制服をひっつかむ。

「エリーシア、メリンダ。ふたりとも落ち着きなさい。私は人間よ」

「いいいい命だけはお助けを……ってリリアーナ様？」

「えぇ？　人間ですかぁ？」

「人間以外の何だっていうのよ」

ふたりは、相手が私だとわかると大きく胸をなでおろした。

「びっくりしました……リリアーナ様がいらっしゃるとは思わなかったもので」

「私が言うのもなんですけどぉ、どうしてここに？　それに、後ろの方は……」

メリンダがきょとんとした顔で、私とフランを見比べている。

私はにっこり笑った。

「バンシーの件は私が預かると言ったでしょ？　だから調査のために学園の見回りをしていたの。彼とフィーアは、その間の護衛役よ」

フランだけでなく、女子のフィーアを連れていることを強調する。

噂好きのメリンダに、男とふたりで歩いていたなんて思われたら、どんな尾ひれがつくかわかったもんじゃない。

「それで、あなたたちはどうしてここに？　先生方から夜間の外出を禁じられていたでしょう」

自分のことを思いっきり棚にあげて問いただす。

エリーシアはバツが悪そうに口をとがらせた。

「だってメリンダが非常識なことばかり言うんですもの……」

「エリーシアの頭が固すぎるのが悪いんですよぉ！」

批難されたメリンダも、目を吊り上げる。

「つまりどういうこと？」

「その……バンシーがいるかいないかで、意見が対立しまして……」

「だったら直接確かめようってことになって、こっそり部屋を抜け出してきたんですぅ」

はあああああ……と私のすぐ後ろで、フランが超特大のため息をついた。

「考えることは全員同じか」

や、やだなあ。

私はこれでも一応、身を守る手段と言い訳を用意してから出て来たよ？

「学園の問題解決は大人にまかせろ」

「でもぉ」

「子ども、しかも女子が夜中に出歩くんじゃない。全員、避難所の部屋まで送り届けるから、ついてくるように」

「…………はい」

フランの有無を言わさぬ迫力に、おしゃべりなメリンダも口をつぐんだ。

おとなしく、避難所に戻る私たちのあとからついてくる。

「残念……本物のモンスターが見られると思ったのに」

「何をのんきなことを。人を呪い殺す化け物でしてよ。怖いとは思いませんの？」

メリンダのぼやきに、エリーシアが眉をあげた。

「だって、伝説上の生き物って気になりません？」

魔法が存在する世界、っていっても実際に妖精やモンスターがあらわれることは少ない。彼女はそういった、希少な存在に興味があるんだろう。現代でいうところの、オカルトマニアに近いのかもしれない。

「見たからって、あまり気持ちのいいものじゃないと思うなあ」

ダンジョンで戦った、ユラの手下のバンシーはとにかく金切り声がうるさかった。

あんなものに会って『伝説上の生き物に会えた！うれしい！』とはならないと思う。

それも、見たことがないからこその好奇心なんだろうけど。

「私が言うのもなんだけど、危ないことは……」

「ご主人様、お待ちください！」

突然フィーアの鋭い声が響いた。

振り返ると、フィーアがネコミミに手を当てて立ち止まっていた。その顔は蒼白だ。

「どうした」

フランも警戒してフィーアを見る。

「異様な音が……聞こえます。甲高い……女の悲鳴のようなものが……」

「えっ……」

私たちは思わずあたりを見回した。

まだそれらしい音は聞こえない。

音は、感覚の鋭いフィーアの耳にだけ届いているんだろう。

「まさか、バンシー……？」

噂話を確認する、と言っていても本当に異常事態が起きるとは思ってなかったんだろう。エリーシアもメリンダも、真っ青になってお互いの手を握り合った。

とはいえ動揺してばかりでもいられない。

情報を集めなければ。

「フィーア、音の特徴を教えて」

「そうですね……悲鳴のよう、とは言いましたが、おそらく生き物の発する音ではありません。音が一定すぎます」

「生き物じゃない……？」

「うまく説明できませんが、どこか機械的な……」

そう言っている間に、私たちの耳にも異音が聞こえ始めていた。

ヒィィィ……と高い音がゆっくりこちらに近づいてきている。

「ひっ……」

エリーシアが身をすくませた。メリンダがエリーシアにしがみつく。

「ごめんなさいごめんなさい、つい出来心だったんです！　呪わないでください！　ごめんなさいっ！」

「さがって」

フランが隠し持っていた剣を抜いて構え、フィーアも懐に隠した武器に手をやった。

私はというと、ただただ呆然と空を見上げていた。

あれがバンシー？

伝説上の化け物？

そんなわけない。

あれはただの無機物だ。

「みんなはあれが悲鳴に聞こえるんだ？」

「それ以外の何だって言うんですかぁ？　どう聞いても悲鳴ですぅ！」

「耳慣れない音なのは、わかるけどね」

私はポケットに手を入れると、隠し持っていたスマホのボタンを押した。メリンダたちに気づかれないよう、慎重に通話モードにする。

「もちお、私の一番近くを飛んでいるドローンを、そばに降ろして」

『かしこまりました』

小さく、白猫のイケボが響いたかと思うと、ヒィィ、という甲高い音が一層大きくなった。

「きゃあああっ！」

「もうダメですぅ！」

「大丈夫よ。もちお、ドローンを私の手の上に着地させて」

私は手のひらを上にして、両手を前に差し出した。異音を立てていた何かはすとんとそこに着地する。それは大判の書籍サイズの黒いプラスチックの塊だった。前方にはつるりとしたカメラ。ボディには左右対称にローターがいくつも取り付けられている。

ローターが止まると、風を切る甲高い音がおさまった。

「何ですか……それ……」

フィーアが身構えたまま、私の手元を見つめていた。エリーシアとメリンダも、目をこぼれんばかりに見開いて、私の手を見ている。フランはというと、眉間に皺を寄せたまま手を額に当てていた。

「これはドローン……というか、私がつい最近開発した『空飛ぶ使い魔』ね」

機械仕掛けの偵察機、と言っても彼女たちには伝わらないだろう。ファンタジー世界の住民にわかりやすい言葉に言い換えて紹介する。

「リリアーナ様が……お作りに、なったものなんですか？」

「うんまあ、実は」

実際に作ったわけじゃないけど、そう言うしかないだろう。コレの責任者には違いないのだから。

何を隠そう、王立学園の上空にドローンを飛ばすよう指示を出したのは、私自身だった。

「ええと……この使い魔は、空を飛んでまわりを見張ることができるの。夜の間、学園に近づく不審者がいないか見回りさせてたんだけど……」

私の言葉を聞く、全員が無言だ。

非常にいたたまれない。

「この羽……ローターの音が、学園の生徒には悲鳴に聞こえていたみたい……ね……？」

私が言葉を切ると、しん、と一瞬あたりが静寂に包まれた。

一拍おいて、エリーシアたちが声をあげる。

「もおおおおお、驚かせないでくださいまし！」

「びっくりしましたよぉぉ！」

「ご主人様……」

フィーアにも恨みがましい目を向けられてしまった。

そういえば、管制施設に入ったことのないフィーアには、ドローンの姿を見せてなかったね！

「ごめん！　こんなおおごとになると思わなかったの！」

まさか、幽霊の正体見たり、自分のせいとは。

小夜子はモーターで動く機械に囲まれて生活してたから気が付かなかった。ファンタジー世界の住民にとってみたら、モーターは未知の機械。駆動音が異様に聞こえても不思議じゃない。っていうか、コレが当然の反応だったんだ。

フランが軽く眉間をもんでから、顔をあげる。

「歩哨に立った者や、夜間作業をしていた生徒がバンシーの音を聞いたのは、ちょうど『使い魔』の巡回コースにぶつかったからだな」

「たぶんそうね」

私は懐にいれていた地図を広げる。言われてみれば、証言はドローンに見回りを指示した場所とぴったり重なっている。

「あれぇ？　ひとつ足りなくないですかぁ？」

横から地図を覗き込んできたメリンダが声をあげた。私は首をかしげる。

「証言にあった場所は全部ポイントしたはずだけど」

「私もダブルチェックしました」

こくこく、とフィーアがうなずく。

これってどういうことなんだろう？

「ちなみに、その足りない場所ってどこなの？」

「女子寮ですぅ」

「それはちょっと……おかしいわね」

「どうした？」

フランの問いに、私は顔をあげた。

「ドローンには二つのコースを設定していたわ。外部からの侵入者を警戒する外回りコース。内部のトラブルを発見するための、内回りコース。内回りは学園の中でも人の出入りが多い場所を中心に設定してたのよ」

「でも、今の女子寮は無人ですよね？」

エリーシアも不思議そうな顔になる。

「そう。だからドローンは飛んでない。ローターの音が聞こえるはずがないの」

「妙だな……」

フランも眉をひそめた。

「証言したのは誰だ？」

「三年のセイラさんですねぇ」

懐からメモを引っ張り出して、メリンダが答えた。

「ああ、あの三つ編みの子ね」

最初に悲鳴をあげて、目を潤《うる》ませていた女子生徒だ。

メリンダはメモのページをめくる。

「彼女は夜中にトイレに出た時と、夜明け前に女子寮の様子を見に行った時の二回、悲鳴を聞いてます」

「えっ……そんなこと言ってたっけ？」

今朝、私が聞いた時には夜中のトイレの時の話しかしてなかったはずだけど。

「情報を整理しようと思って、夕方にもう一度聞いてみたら、証言が増えてたんですよぉ。夜中に女子寮の様子を見に行った、なんてミセス・メイプルにバレたら叱られるから黙ってたとかなんとか」

特別室組の私は、他の生徒より教職員たちに近い。ペナルティを恐れて証言しなかったと考えればおかしくはないけれど。

「でも……それっておかしくない？　一度怖い思いをしたのに、また外に出たの？」

涙を流すほど怖がっていた子が、なぜそんなことを。

見た目と行動がちぐはぐで、妙にひっかかる。

メリンダが眼鏡をかけ直しながら、ううん、とうなる。

「女子寮では悲鳴と一緒に、鬼火のようなものを見たと言ってましたぁ」

私は手に持っているドローンを改めて見た。

「ドローンについている電源ランプを鬼火と見間違えた、と言えなくもないけど、やっぱりちょっと不自然ね」

「他の場所では、鬼火なんて話、出てませんからねぇ」

「ちょっと気になるわね」

女子寮に足を向けようとしたら、後ろから襟首《えりくび》をつかまれた。

振り向くと、フランが怒りの表情で私を見下ろしている。

「何をする気だお前は」

「ちょっと確認に……」

「たった今、女子が夜中に出歩くんじゃない、と説教したところだろうが」

それはわかるんだけどね？

やっぱり気になるというか。

「ぱっと行って、ぱっと確認してくるだけだから！」

「ぱっと見るだけならよけいに俺に任せておけばいいだろうが」

「ドローンを飛ばした張本人として、責任を取るべきだと思うしぃ」

「だったらなおさら、危ないことはするな」

ううう、恋人が手厳しい。

心配してくれてるのはわかるんだけど、ひとつだけ想定から外れたものがあるのは、やっぱりひっかかってしまう。もちろん、ただの確認ならフランにまかせててもいいし、夜が明けてからでもいいっていう理屈のほうが正論なのはわかるんだけど。

昼間に見た、セイラの思い詰めたような涙目妙にちらついて、頭から離れない。

「……今、確認に行ったほうがいいかもしれません」

フィーアがぽつりと言った。彼女のネコミミは、女子寮のほうに向けられている。

「どうしたの？」

「悲鳴とはまた違う、妙な音がします。それから、焦げ臭いにおいも」

「セイラの証言にあった、鬼火……？」

私はフランを見上げた。彼は嫌そうに眉間に皺を寄せたあと、踵を返す。

「わかった、行こう。君たちはそばを離れないように」

私はドローンを抱えたまま走り出した。荷物になるから飛行モードで追いかけさせた方がいいかも、と一瞬思ったけどやめた。ローターの音はこの世界では異音だ。下手に飛ばすとバンシー騒ぎがまた拡大してしまう。

とにかく、私たちは一塊になって、女子寮へと向かった。

鬼火

　女子寮に到着した私たちの目に飛び込んできたのは、オレンジ色の光だった。倒壊した女子寮の瓦礫から、火が出ている。

「フラン！」

「まかせろ」

　ひゅっ、とフランが腕を振った。

　彼が魔法で作り出した水が、まるで襲いかかるようにして炎に向かっていく。幸い、さほど大きな火にはなっていなかったみたいで、それだけですぐに火は消し止められた。

「よかった……」

　私はドローンを抱えたまま息をついた。慌てて走ってきたから、息が苦しい。

　焼け焦げた瓦礫を見つめて、エリーシアが首をかしげた。

「あの炎は何だったのでしょうか？」

「バンシーとはまた別の、鬼火の怪異ですかねぇ？」

「そんなわけないでしょう」

　メリンダの推測を、フィーアがバッサリ切って捨てた。そして、瓦礫の向こうをきっとにらみ据える。

「あなたがそこに隠れているのはわかっています。出て来なさい」

　武器をかまえたまま、声をかける。

　しばらくは無言だった。

「それとも、引きずり出したほうがいいですか？」

追い討ちをかけるように、フィーアが言葉を重ねると、やっと瓦礫の向こうで小さく物音がした。

じっと待っていると、人影がひとつ、瓦礫の後ろからゆっくり出てくる。

おずおずと震えながらあらわれたのは、三つ編みの小柄な女子生徒、セイラだった。

「やっぱり……」

はあ、とフィーアがため息をついた。

「ええ？　どういうことですの？」

見た者が信じられなかったらしい。エリーシアは目を白黒させながら、セイラとフィーアを交互に見比べた。

「ええと、状況を整理するとぉ、セイラさんが女子寮に火をつけようとしてた、ってことなんですよねぇ？」

メリンダもきょとんとした顔になる。

セイラはぶるぶると震えていた。

「おおかた、女子寮に燃やしたい何かがあったんだろう」

フランがため息交じりに推測を口にする。私もうなずいた。

「バンシー騒ぎで混乱している今なら、不審火が出ても『化け物のせい』ってことにできるからね。だから、あらかじめバンシーと一緒に鬼火を見たって証言をしておいた」

「学園内は夜間の外出が禁じられている。目撃者も極端に減るはずだ」

「……」

セイラは、うつむいたままぎゅうっと小さな拳を握りしめた。

「どうしてこんなことを？　埃だらけとはいえ、私物を燃やされると困るんだけど」

「……なくちゃ、いけないんです」

セイラは絞り出すようにして声をあげた。

「え？」

「なくさなくちゃいけないんです……あの手紙だけは」

「手紙？」

こく、とセイラがうなずいた。

「あなたまさか……！」

エリーシアが目を吊り上げた。セイラがびくっと体をふるわせる。

え？　今までの会話のどこに怒りポイントがあったの？

全然わからないんだけど？

「どういうこと？」

「彼女が燃やしたいのは、ラブレターですわ」

「……っ」

指摘され、セイラは唇を噛んだ。握りしめた手が、真っ白になっている。

エリーシアはふうーっ、と息を吐いた。

「時々いるんです。学園が閉ざされた世界なのをいいことに、結婚相手が決まっていながら、生徒同士で秘密の恋愛を楽しむ方が」

「期間限定の恋人、ってこと？」

貴族は親の決めた相手と政略結婚することが多い。結婚するまでの間、遊びと割り切って関係を持つ男女がいること自体は知ってたけど。今ここで震えている少女がそんな恋愛をしているようには見えなかった。

「あ……あの人とは、何も、ないんです……ほとんど、何も。ただ、手紙を交換してるだけ……」

目にいっぱいの涙をためて、セイラが必死に声をあげる。

「それだけでも、許されないのは……わかってます……だから、学園を卒業する時には、全部燃やそうって……それで諦めようって、決めてたんです……でも、こんなことになってしまって」

彼女の手紙は、うずたかく積まれた瓦礫の奥だ。

「掘り出された私物は、すべて一度改められると聞きました……。元の持ち主に返すために……でも、私の荷物の中から、手紙が見つかったりしたら……中を読まれてしまったら……大変なことに……」

セイラはぽろぽろと涙を流した。

「私は……いいんです。でも、私の手紙のせいで、あの人が……あの人の将来が……閉ざされてしまったら……悔やんでも、悔やみきれない……」

その姿を、私は否定することができなかった。

婚約者がいながら、別の異性と交際するのは、はっきり言って不貞だ。

この国の倫理観で認められるものではない。

しかし私自身、王子様と婚約していながら、裏でフランと恋人関係を続け、婚約破棄の機会をうかがっている。これが明るみに出れば、ふしだらな不貞侯爵令嬢と批判をうけるだろう。

だから、気持ちはわかる。

わかってしまうのだ。

「あなたは、放火がしたかったんじゃない。ただ手紙を見られたくなかった。そういうことね？」

確認すると、セイラはこくりとうなずいた。

手紙の処分だけにしては大事になってしまってたけど、追及しないでおいた。

被災して、いきなり避難所生活に放り込まれた少女に冷静な判断は難しい。

恋人を守りたいがゆえに、暴走してしまったんだろう。

「ねえ……」

私はフランを見上げた。

私の願いを察して、フランが眉をひそめる。

「……女子寮の解体と荷物の整理は、必要なことだ」

「それはわかってるんだけど、何かひとつくらい、アイデアはない？」

「だが、男の俺たちが、女子の荷物をどうこうするのは……」

「リリアーナ様、よろしいですか？」

エリーシアがすっと手をあげた。

「どうしたの？」

「さきほどの、ミセリコルデ様のお話をうかがっていて、思ったことがあるのですが」

「なにかいいアイデア、あるの？」

この際、新しい意見はなんでも大歓迎だ。

「女子の私物には、下着やアクセサリーなど、男子が直接触れないものがたくさんありますでしょう？」

「それは、そうよね」

いくら復旧作業の一環とはいえ、下着をフランたちに発掘されるのは嫌だ。

「有志をつのって、女子も撤去作業に参加してはいかがでしょう。主な力仕事は男子にお任せしますが、私物の取り出しと持ち主確認は女子が担当するのです」

「確かにそれなら、女子も男子も嫌な思いはしないですむわね」

こく、とエリーシアが深くうなずく。

「そして、持ち主確認の担当は、本人に不名誉な何かを見つけたとしても、見なかったことにするのです」

「え……それってできる？」

秘密を秘密のままにしておける人間は少ない。担当者によっては、そこから秘密が暴露《ばくろ》されるのではないだろうか。しかしエリーシアは自信たっぷりにうなずいた。

「そこは大丈夫です。持ち主確認は口の堅い私と、同じ弱みを持つセイラさんが担当しますので！」

「なるほど？」

言い出した本人と、隠したい過去のあるセイラなら、信用していいのかも。

「あとは……」

私たちの視線がメリンダに集まった。

「わ、わかってますよぉ！　このことは絶対口外しません！　なんだったら、私も持ち主確認担当に加わりますからぁ！」

「なら、秘密が漏れる心配はなさそうね」

「……教職員には、俺から話を通しておこう。もちろん、セイラ嬢の秘密は伏せたままでだ」

セイラに同情するのは、フランも一緒だ。

ため息まじりの発言だけど、眉間に皺は寄ってない。

「あ……ありがとうございます……」

セイラはまたぼろぼろと涙を流し始めた。

私はその背中をそっと撫でる。

「いくら隠したいものがあったからって、手段を間違えたらダメよ。反省して、荷物の仕分けをしっかりやり遂げること。いいわね？」

「はい……！」

涙をふきながら、セイラは何度もうなずいた。

これで、女子寮の怪異は一件落着だ。これ以上人に知られないうちに、すべてなかったことにしてしまおう。

「さ、みんな避難所に戻るわよ」

「はぁい」

まだ泣いているセイラをかばうようにして、少女たちは歩き出す。そのあとを追うように私も歩き出して、足を止めた。

同じ何かを感じたんだろう、フランもこっちに目を向ける。

「……連絡のようだな」

「そうらしいわね」

私たちが感じたのは、ポケットに入れているスマホの振動だ。少し震えて、すぐ止まったから通話の呼び出しではなく、何かのメッセージだろう。

「怪談騒動が片付いたと思ったら、今度はこれか」

「お互い、忙しいわね」

とにかく、送られてきたメッセージを確認するため、私たちはそれぞれ早足で自室へと戻った。

救援の到着

翌朝、私たちは日の出とともに起き出してきた。

事前にもちおから連絡をもらっていた私とクリスは、すぐに身支度を整えて、フィーアを連れて外に出る。門に向かって歩いていると、ヴァンとケヴィンの銀髪コンビがやってきた。

「ふたりも、スマホに起こされたとこ？」

たずねたら、ケヴィンは首をすくめた。

「そんなところだね」

「いきなり枕元で音がするとびっくりするのな……」

ヴァンがしかめっつらで首を振る。

スマホ目覚ましは現代日本人にとってわりとよくある日常だけど、ファンタジー育ちのふたりには完全な非日常だ。驚くのも無理はない。

「そのうち慣れるわよ。フランとジェイドは？」

スマホが支給されているのは彼らも同じだ。同じ情報を受け取っている彼らが、のんびり二度寝しているとは思えない。

「あのふたりは先に門に向かってる。俺たちはリリィたちと合流しておけって」

「わかったわ、行きましょ」

私たちは並んで門に向かう。

門へ向かう理由は昨日と同じ。学園に近づいてきている一団があったからだ。

訪問者の接近にもかかわらず、のんびり対応してるのは、彼らが見知った相手だからだ。

「フラン！」

城門の裏側から、物見やぐらに声をかける。

黒髪に黒衣の青年がさっとこちらを振り向いた。彼の隣には白いマントを羽織った黒髪の青年の姿もちゃんとある。

「状況は？」

「もうすぐ到着しそうだ。お前たちも確認するか？」

「はーい」

私たちはぞろぞろと物見やぐらを上がっていく。

「わ……本当に来てる」

王立学園と王都を結ぶ街道には多くの人影があった。

整然と歩を進める騎馬と歩兵。そして物資を乗せた荷馬車たち。その規律正しい様子を見るだけで、彼らが正式に訓練を受けた騎士たちだということがわかる。

ハーティア王国騎士団、正規兵だ。

宰相閣下の『救援を送る』という約束が、早くも実現したのだ。

「まさか、たった二日で援軍が来るなんて思わなかったわ」

驚く私を見てフランが苦笑する。

「ここにいるのは重要人物ばかりだからな。それに、指揮官自身がいてもたってもいられなかったんだろう」

「指揮官？」

「先頭の騎士をよく見てみろ」

フランに促されて、騎士たちの隊列に目をこらす。

彼らの先頭はひときわ雄々しい黒毛の軍馬だった。跨っているのは立派な騎士服を着た美丈夫だ。

指揮官らしいその騎士の立ち姿には見覚えがある。ここからは黒髪までしか確認できないけど、きっと間近で見たら瞳の色は私と同じ赤なんだろう。

「お、お父様……⁉」

この忙しい時に、第一師団長が何やってるのよ⁉

「ここにはハーティア唯一の跡取王子と、隣国の王女がいる。第一師団長がわざわざ迎えに来ても不思議はないんじゃないか」

「おかしくはないけどね？」

絶対半分くらいは私情だと思うの！

声を大にして叫びたい

「リリアーナ！」

開け放たれた城門をくぐり、学園内に入ってきたお父様は私の姿を見るなり、馬を降りて駆け寄ってきた。

待って最強騎士。

指揮官がいきなり隊列から離れて家族のもとに走ってくるんじゃありません。

応えていいものかどうか迷っていたら、父様の部下らしい王国騎士たちは苦笑いしながらそれぞれうなずく。どうやら、父様のフリーダムな気質は部下全員わかっているらしい。

それはいいことなのか悪いことなのか。

「お父様」

とはいえ、私を迎えに来てくれた父様を無下《むげ》にするわけにはいかない。

私も駆け寄ると、父様は笑顔でぎゅっと抱きしめてくれた。

「お前が無事でよかった」

「私もお父様に会えてうれしい」

なんだかんだ言っても、やっぱり家族に会えるとほっとする。みんな被災してるなかひとりだけズルしちゃって悪いかな、と思うけど安心してしまうのは止められなかった。

父様も私の無事を確認して安心したのか、ほっと息を吐いた。

私から体を離して顔をあげると、私の後ろにいる同級生たちを見た。

「君たちにも、怪我はないようだな。オリヴァー王子と、シュゼット姫は？」

王国騎士として、王族の保護を真っ先に考えるのは、当然の優先順位だ。

ヴァンが男子生徒を代表して一歩前に出る。

「オリヴァーは問題ありません。現在はヘルムートの護衛のもと、寮の部屋で寝ています」

女子生徒の安否報告は私の仕事だ。

「シュゼット姫にもお怪我はありません。避難所の部屋で休んでいただいています。あちらも同級の女子生徒がついているので、安全は確保できています」

「ありがとう。彼らが無事なのは、きっと君たちが頑張ってくれたおかげだな」

父様は騎士団長の顔でほほえむ。

「ここからの安全確保は私たちにまかせてくれ。誰か、二名ずつ別れてオリヴァー王子とシュゼット姫を保護しろ」

指示を出されて、騎士数名が隊列から離れた。それを見てジェイドとフィーアが動き出す。

「案内します」

「よろしくお願いします」

男子寮はともかく、女子寮生徒が今どこで寝てるかなんて、わからないもんね。部屋にいきなり騎士が入ってきたら怖いだろうし。女子のフィーアが付きそうのが無難だと思う。

彼らが去っていくのを見送ってから、私は改めて父様を見上げた。

「ありがとう、お父様。こんなに早く、助けにきてくれると思わなかったわ」

「宰相閣下と連携しやすくなったからな。避難誘導がスムーズにできた」

父様はいたずらっぽく笑うと、右耳をトントンと軽くたたいた。そこには、明らかに異質なものがついている。イヤーカフみたいなアクセサリーを装ってるけど、それはどう見ても片耳用イヤホンマイクだ。

マリィお姉さまの配達作戦は成功していたらしい。

よかった。

この世界ではスマホもドローンも再現不可能な超オーパーツだ。そう何個も壊されるわけにはいかない。

「ハルバードのお屋敷はどうなってるの？　お母様は怪我してない？」

「屋敷はほぼ無傷だ。レティシアがびっくりして転んだ拍子に少しすりむいたくらいで、問題は起きてない」

「よかった……」

私がほっとしていると、今度は父様が心配そうな顔になった。

「女子寮が倒壊した、と報告を受けたが……本当に？」

「ええ。一階から四階まで全部潰れて、ぺしゃんこよ」

「住む場所がないのは、困ったな……」

「屋敷は無傷なんでしょ？　だったら、私と、ついでにシュゼットやクリスも泊めてあげられない？　それで、落ち着くまでハルバード城で……」

「ダメだ」

私のウキウキハルバード留学計画は、ダメの一言で終了した。

父様はものすごく嫌そうな顔で、私に説明する。

「最重要護衛対象として、オリヴァー王子とクリスティーヌ姫、そして留学生であるシュゼット姫を王宮で直接保護することになった」

「え」

国として王族を重要視するのは当たり前の話だけどさ。

「……また、王子の婚約者であるお前も、王族に準ずる立場として王宮で保護されることになる」

「ええええ……」

つまりなんですか？

計画がダメになった上、私まで王宮で暮らさないといけなくなったと。

「こういう時って、下手に被災地にとどまるより地方に逃がしたほうがいいんじゃないの」

「数年前から宰相閣下の提言で大規模な補修工事と食料の備蓄が進んでいただろう。おかげで、この地域で今一番安全な場所は王宮なんだ」
そうですねー。
王宮が無事なら下手に地方に移動させないほうがいいですよねー。
「不本意だと思うが、我慢してくれ」
今日こそ声を大にして叫びたい。
王子との婚約関係、破棄させてくれませんかねぇぇぇー‼

書籍版特典
ショートストーリー

秘密は秘密（メリンダ視点）

「はぁ～……もー疲れましたよぉ」

私は、机に頭をつっぷして声をあげた。横で作業していたエリーシアがきっと目を吊り上げる。

「情けない声を出さないで、メリンダ。今日のノルマの半分も終わってないでしょう」

「それはそうなんですけどぉ」

毎日生活していた王立学園の女子寮が倒壊して数日後。私たちは無事だった倉庫の一室で、ひたすら荷物の仕分け作業をしていた。

瓦礫《がれき》の下から掘り出された私物を持ち主に戻すためだ。

……表向きは。

この作業を撤去作業にあたった騎士や学園所属の使用人に任せず、生徒の私たちがやっているのには、当然理由がある。

乙女の私物には、乙女の秘密が詰まっているからだ。

親元から離れ、女子寮というプライベート空間を手に入れたからだろうか。

生徒たちクローゼットは、他人に見せられないものでいっぱいだった。

秘密の恋人から贈られたラブレターなどはかわいい方で。日々の鬱憤を書きつけたどす黒い呪いのノートだとか、どう考えても特定の生徒をモデルにしたとしか思えないめくるめく男子生徒同士の恋愛小説だとか、やけにリアルなその挿絵だとか、どうやって装着するのか見当もつかないいかがわしいデザインの下着だとか、相当な量の酒類だとか、やたら殺傷能力が高そうな武器だとか、触れただけで呪われそうな不気味な薬だとか、それひとつだけでもご令嬢人生が終了してしまいそうな怪しい物品が、山ほど出て来ている。

私たちの本当の目的は、それらが表に出ないようすべて隠蔽《いんぺい》することだ。

「みなさんそれぞれ、事情があるんですねえ」

セイラがはかなげにほほ笑む。

私たちの倍のノルマを引き受けた彼女は、休むことなく手を動かし続けている。バンシー騒ぎを利用して、女子寮に火をつけたことへの、罪滅ぼしなのだろう。

放火は重罪だ。

リリアーナ嬢がかばってくれなかったら、セイラは学園に火を放った罪人として裁かれていただろう。

……でも、うず高く積まれた乙女の秘密を見ていると、あのまま燃やしておいたほうがよかったんじゃないかな、と思わなくもない。

なぜ私はあの時協力するなんて言ってしまったんだろう。

おもしろい秘密をいくら知ったところで、誰にも言えない。

こんなの貧乏くじもいいところである。

ため息をついていたら、エリーシアに背中を叩かれた。

「ぼやいてないで、手を動かして。リストに記入して箱に納めてしまえば、あとは配達人に任せられるんですから」

「担当作業が私物の確認『だけ』になったのは、助かりますね」

当初の予定では、私たちの仕事は瓦礫からの私物の発掘、仕分け、本人への配達手配と、多岐《たき》にわたるはずだった。しかし現場に行ってみると、すでに荷物はある程度整理されていて、配達人の手配も終わっていた。

あの場にいた黒衣の高位貴族、フランドール・ミセリコルデが、私たちの苦労を見越して先に段取りしてくれていたらしい。

「ミセリコルデ様みたいな人のことを、有能って言うんでしょうねぇ」

「優秀と名高い宰相家の方ですものね」

エリーシアがうんうんとうなずく。

「あれ……でも……」

そこで、何かがひっかかった。

あの夜の状況を思い返す。

「なんで、あそこにミセリコルデ様がいたんでしょう」

「護衛だって、リリアーナ様が言ってたじゃない」

「いやいやいや、それっておかしくないですかぁ？　リリアーナ様の護衛はもともと、ネコミミのフィーアさんですよねぇ？　魔法科にも男子の側近がいるって話ですし。ミセリコルデ様に護衛してもらう必要ってなくないですかぁ？」

それに、彼はシュゼット姫の護衛で調整役だったはずだ。

リリアーナ嬢の護衛は職務の範疇《はんちゅう》から外れている。

「言われてみれば……」

セイラがこてん、と首をかしげた。

「しかも、妙に距離が近いというか、気安いっていうか」

彼らの間にはずいぶんと話し慣れている雰囲気があった。

いったいどういう関係なんだろう。

エリーシアがフン、と鼻を鳴らした。

「リリアーナ様とミセリコルデ様の距離が近いのは当然じゃないの。あのふたりはずっと前からの知り合いなんですから」

「そうなんですかぁ？」

初耳だ。

「ほら、リリアーナ様はハルバード侯爵家を支えるために、わずか十一歳で領主代理を務めてらしたでしょう？その時にミセリコルデ宰相家から派遣された補佐官が、フランドール様だったそうなの。もうひとりの兄のようなものだ、ってリリアーナ様がおっしゃっていたのを、聞いたことがありますわ」

「なるほどぉ？」

領主代理とその補佐官として、苦楽をともにしてきたのなら、距離が近くて当然なのかもしれない。

被災の混乱の中、人手が足りなくて知り合いに協力を求めた、と言えば理屈が通らなくはない。

しかし、やっぱり釈然としないものが残る。

「それだけ……なのかなぁ？」

思えば、いつも凛と生徒たちを率いているリリアーナ嬢が、なぜか彼の前では甘えるような発言をしていた。私たちにめちゃくちゃ怖い顔で説教していたミセリコルデ様も、リリアーナ嬢に向ける表情だけは優しかった気がする。

「メリンダ」

セイラが作業の手を止めて、こちらを向いた。

そっと人差し指を口の前にあてる。

「その話は、誰にも言ってはダメですよ」

「え、でもぉ」

「リリアーナ様はきっと、私と同じだから」

「え」

エリーシアがびきっと顔をひきつらせた。

リリアーナ嬢がセイラと同じ。

つまりそれって……。

「お……王子の婚約者ですよぉ？」

それって、不貞どころか国家への反逆って言わないだろうか。

「まわりに決められたからって、みんながみんなならず相手を好きになるわけじゃないもの」

「それはそうだけどさぁ！」

どうしよう。

墓まで持っていく秘密がまた増えた。

スマホ活用講座（リリアーナ視点）

「ただいまより、小夜子のスマホ活用講座を始めます！」

地震で女子寮が崩壊したその夜、私は特別室組の生徒たちと一緒に、無事だった教室のひとつに集合していた。集まっているのはヴァンやケヴィンのような現役学生たちだけじゃない。フランとジェイドのふたりも一緒だ。逆に、他国人のシュゼットはいない。

メンバーの選定基準は簡単。

スマホを持つ勇士七家の末裔かどうかだ。

フィーアだけが条件にあてはまらないけど、彼女は私の護衛なので、数えないものとする。

神の超技術で作られたスマホを手に入れた私たちが、最初に行き当たった問題。

それは、使い方のわかりにくさだ。

現代日本人にとって、スマホは使い慣れた便利な道具だけど、ファンタジー世界の住民にとってはまったく未知のアイテム。できることが多すぎることもあり、ほぼ全員が持て余してしまったのだ。

そこで開催されたのが、スマホの使い方講座である。

教師役はもちろん私。

前世の小夜子は、現代日本人としてスマホに慣れ親しんできたからね。

「受講席から、壇上に立つリリアーナを見るのは妙な気分だな」

スマホを手に椅子に座ったフランが苦笑する。

同年代ばかりいる中で、ひとり七歳も年上だからだろう。フランだけが生徒の中から明らかに浮いていた。

その隣で、ふだん魔法科の授業を受けているジェイドも、やや居心地悪そうにしている。

「そこ、授業に関係ないこと言わない」

ここにいるのが私たちの事情を知る人間ばかりだからって、生徒役が不意打ちで変なことを言い出さないでいただきたい。

私だってフランにものを教えるのは不思議な気がするとか。

受講席に座ってるフランの姿は新鮮だとか。

真正面からめったに見ることのない『真剣に話を聞く』顔をしているフランかっこいいだとか。

そんなことに気づいてしまったら、授業にならないから。

「……こほん」

私は邪念を払うように咳払いひとつすると、彼らに向き直った。

「スマホ操作の基本は、ずらっと並んだこのアイコンよ。それぞれ別の機能に紐づいてるから、指先でタップしてアクセスしてちょうだい。機能ごとの細かい操作方法は、その都度もちおが説明してくれるから」

アイコンをひとつひとつ説明するよりは、いったん触ってもらったほうが早いだろう。

スマホを手の中でもてあそびながら、ヴァンが首をかしげる。

「俺たちがいっぺんに質問したら、もちおが対応できないんじゃねえの？」

「そこは心配ないわ。もちお、全員のスマホにアイコンを出して」

『かしこまりました』

ひょこっ、と彼らのスマホの中にちょいぽちゃブサカワ系白猫が出現した。白猫たちは、それぞれスマホの持ち主に向かって頭をさげる。

「うえっ⁉」

『ユーザーからの質問には、私たちがそれぞれ個別にお答えいたします』

「もちおが増殖した？」

「彼は人間じゃなくて、プログラムだもの。それぞれに同じ顔をしたガイド妖精が一匹ずつついてるとでも思ってて」

「お……おう……ぷろぐらむ、すげえな」

ケヴィンがすっと手をあげた。

「風景が記録に残せるって聞いたんだけど、それってどうやればいい？」

「カメラ機能のことね。この丸いレンズのアイコンを押せばいいわ。レンズはここ。どんなふうに撮れるかは、画面に表示されるから、確認しながらシャッターボタンを押して」

静かな教室に、カシャ、と乾いた音が響く。

「あ……記録できた」

「側面にカメラを直接起動するボタンもあるから、使ってみて」

「わかった」

またカシャ、と音が響く。

「ボタンを押すたび、不思議な音が鳴るね。なんだろう？」

「それはシャッター音ね」

「しゃったー……？」

私とケヴィンはきょとんと顔を見合わせる。言われてみれば、どうしてこの音なんだっけ。

ケヴィンの持っているスマホに映されているもちおが口を開いた。

『スマホで使用されているデジタルカメラの前身、フィルム式物理カメラは、一枚映すごとに『シャッター』と呼ばれる部品を動作させていました。その時の独特の音が、カメラらしいということで、多くのスマホで撮影音として採用されています』

「そうなんだ？」

私が産まれた時には、すでにカメラのほとんどはデジカメに取って替わられていた。フィルムカメラの存在は一応知ってたけど、そんな理由でこの音になってたのか。

『音自体は消せませんが、カスタマイズして別の音に変えることは可能です』

「うーん、このままでいいかな。気になるほどじゃないから」

『かしこまりました。続けて動画撮影モードをご説明します』

「お願い」

ケヴィンはもちおと仲良く動画を撮り始めた。彼はもちおに任せていたら大丈夫そうだ。

今度はクリスがスマホの画面を見せてくる。

「リリィ、この重りのマークは、鍛錬《たんれん》か何かに使えるものなのか？」

「重り？」

そんなアイコンあったっけ？

クリスのスマホを見ると、そこには通話アプリのアイコンが表示されていた。

「それは重りじゃなくて、受話器よ」

「じゅわき？　って何だ？」

「あー……そっちもダメか」

スマホが元は電話機で、通話に受話器が使われていたのだって、ファンタジー世界の住民にはわからない。

「アイコンの下に『通話』って書いてあるでしょ。機能はそれを見て覚えてもらうしかないわね」

「なんだかややこしいな？」

「直感的にわかりやすいよう、デザインした結果のはずなんだけどね？」

現代人のために作られたアイコンは、歴史的にも文化的にもファンタジー世界にそぐわない。どこかのタイミングで、彼らにわかりやすいデザインに変更したほうがいいかもしれない。

あれ？　でもこのスマホはこの世界で五百年前に作られたものだよね。

そこにどうして、現代日本人にしか馴染みのないデザインが採用されてるんだろう。

「これが鍛錬に使えないのはわかった。実際は何に使われるものなんだ？」

「離れたところにあるスマホの持ち主と会話するためのものね。ええと……リストから、名前を選んで」

私はクリスのスマホを操作すると、ヴァンの名前をタップした。すぐに、ヴァンの持っているスマホから、電子音の音楽が流れ始める。

「うわぁっ？」

「ヴァン、スマホの緑のアイコンをタップして」

「これか？」

ヴァンがタップすると、同時に音楽が止まった。

私はスマホのマイクに向かって話しかける。

「もしもし？」

「お……スマホからもリリィの声が聞こえるな」

「こっちには、ヴァンの声が聞こえてきてるわよ。ほら、クリスもやってみて」

スマホをクリスに返す。彼女は緊張した面持ちで、スマホに語りかけた。

「ヴァン、聞こえるか？」

「おう。聞こえてる聞こえてる」

「今は教室の中でやってるから実感がないでしょうけど、衛星通信の届く範囲ならどれだけ遠くに離れてても、会話ができるようになるから」

ケヴィンが動画撮影の手を止めて笑う。

「どこからでも会話できるのはいいね。スマホがモーニングスターのおばあ様のところに着いたら、一度連絡してみようかな」

「大地震に巻き込まれたって知らせを受けて、心配してるでしょうから、喜ぶと思うわ」

私は改めてスマホの通話リストを見た。そこにはスマホ利用者の名前がずらっと並んでいる。

彼らに使用許可を出したのは私だけど……。

「もちお、どうしてあらかじめ全員の連絡先が入っているの？」

現代日本だと、連絡を取り合うにはまず連絡先をお互いに伝えあう必要があったはずだ。

『現在のハーティアで、スマホの利用者は非常に限定的であり、ほぼ全員の素性が明らかになっています。そのため、個人情報保護よりは利便性が優先されると判断し、使用者全員の連絡先情報を登録しました』

「……スマホを持ってる人間は十人かそこらだもんね。そのほうが楽か……」

「お嬢様、いいですか？」

もくもくとスマホを操作していたジェイドが手を挙げた。

「何かしら？」

「連絡先の、名前の下に書いてある番号って何ですか」

ジェイドがこちらにスマホの画面を向ける。そこには、私の名前と一緒に十一桁の番号が表示されていた。

「それは電話番号ね」

「番号……？」

「今は利用者が少ないけど、人数が増えてきたら『ジェイド』とか『リリィ』とか同じ名前のユーザーが出てくるかもしれないでしょ。そうなったときに混乱しないよう、スマホそれぞれに固有の番号がふってあるの」

「ああ、識別用の番号なんですね、納得しました」

ジェイドはうなずくと、またスマホの操作に戻る。

しかし、私には新しい疑問が生まれていた。

このスマホ、どうして電話番号が十一桁なんだろう。

よくよく見て見れば、その番号も『〇九〇―』と非常に電話番号らしい数字で始まっている。

「リリィ、少しいいか」

考えこんでいたら、フランに声をかけられた。教師役はあれこれ忙しい。

「何かしら？」

「会話だけでなく、文字情報も送信できると聞いたんだが、入力方法がよくわからない」

「ええと、それならこうして……こう」

私はスマホをキーボード入力モードにして文字を打ち込んだ。

「この画面に並んでいる文字を、指先で順に押していけば、文章が書けるわ」

「……？」

フランの眉間にぎゅっと皺が寄った。

納得してないらしい。

「何がひっかかってるの？」

「文字を順番に押す、というやり方自体に問題はないが……文字ボタンの並びが不可解だ。文字順に並べておけばいいだろう」

「それはこれが一番押しやすい並びだから……って、これも馴染みのない配列なのね」

当然の話だけど、この世界にはまだ、計算機もタイプライターもない。

両手でキータイプする時に一番打ちやすい配置が何なのか、考えることすらされてない。

そんな環境で、いきなりキーボード配列を見せられても、『変な順番』としか思えないだろう。

「だったら、キーボード入力より、フリック入力のほうがいいかもしれないわね」

私は文字入力モードを変更して、ボタンの並びを変える。

「これで、文字を長押ししてから、入力したい文字を選ぶの」

「……ふむ」

「ある程度入力したら、上に文字列の候補が出るから、それも使えば効率も上がるはず」

「……」

フランの眉間の皺が深くなる。

さっきのよりはマシだけど、面倒って思ってそうだなあ。

「もちお、他に文字入力の方法ってない？」

『口述筆記モードと、直接筆記モードを提案します』

そう言うと、また入力画面が変わった。もちおが耳をぴこぴこさせる姿が大写しになる。

『口述は文字通り、言葉で指示していただくモードです。私に『おはようと書いて』などと指示していただければ、その通りに文字を入力いたします』

すい、とさらに画面が変わった。

『直接筆記は、この画面に指先で文字をそのまま書いていただくモードです。筆跡をこちらで分析し、書いた通りの文字を入力します』

「指先で文字を書くのは手が疲れそうだな。ペン先で書いてはダメなのか？」

『ペン先では筆跡が読み取りにくいですし、スマホの画面にキズがついてしまいます。タッチ専用のペンがございますので、そちらをご利用ください』

「まずは、ペンを手配したほうがよさそうね」

私の言葉に、白猫はこくこくとうなずいた。

多分またドローンを使って必要なアクセサリーを届けてくれるんだろう。

『入力モードは、絵文字にも対応しています。ぜひご利用ください』

「……絵文字あるんだ」

私はスマホの入力欄を操作する。キーボードで指定すると、どこか見覚えのあるハートマークやキラキラのお星さまが表示された。

絵文字って、日本発祥《はっしょう》のデザインじゃなかったっけ。

「もちお、スマホってもともと誰が設計したの？」

白猫はかわいらしく首をかしげる。

『初代聖女の願いを受け、神の使徒が作り上げたと伺っておりますが』

「聖女が願ったんだ？」

私はスマホを見つめた。

アプリといい、インターフェイスといい、どこからどう見ても、現代のスマホだ。それも日本向けにゴリゴリにチューニングされたスマホ。

さては初代聖女、現代日本からの転生者だな？

まさか五百年も前の人間が、前世同じ時代の日本人だとは思わなかったよ！

あとがき

クソゲー悪役令嬢六巻お買い上げありがとうございます！

短編集①やスピンオフ「無理ゲー転生王女①」をはさんだため、五巻から少し間が空きましたが、そのぶんさらにフルスロットルでお送りします！

今回は大地震に襲われた王立学園が舞台です！

単純に災害に巻き込まれただけでなく、住む場所さえも崩壊して大ピンチに陥ります！　災害対応する裏で、明らかになっていく王家の秘密。あれもこれもそれもどれも、と相変わらず要素てんこもりでお送りします。

てんこもりといえば、六巻はウェブ版の文字数がやや短かったこともあり、書籍化するにあたりおよそ三万字、三割ほどを加筆しています。事件がひとつ追加、リリィとフランのいちゃいちゃシーンもひとつ追加となっています！

いや～いちゃいちゃはなんぼあってもええですからね。事件の中に『学校の七不思議』とか『カトラスの保冷庫』とか、ちょいちょい気になるワードが出てきてますが、こちらは短編集①のネタが元になってます。気になる方は読み返してみてください。にやにやできること請け合いです。

ウェブ版から書籍購入に至った方には楽しい加筆になったかな、と思ってます。

その分オマケは二本とやや小ぶり。
・秘密は秘密

加筆部分に起きた事件の後日談です。ゲストの三人娘、特にメリンダがお気に入りだったので、書いてて楽しかったです。

・スマホ活用講座

リリィ主催のスマホ利用講座です。ファンタジー住民と現代日本人とのギャップをお楽しみください。

こちらのSSのテーマは、小説投稿サイトにて行った六巻オマケテーマ募集に応募いただいたネタが元になっています。みなさんもっとリアクションしてくださってもいいんですよ?

クソゲーシリーズ、次巻はスピンオフの「無理ゲー転生王女」の二巻になります!

もうひとりの女神の被害者、初代聖女コレットのその後のお話になりますね。母国に帰り付いたはいいものの、女神や邪神のせいでひたすらトラブルに巻き込まれていきます。イケメン従者ディートリヒも相変わらず傍で暗躍しています。

「無理ゲー転生王女」二巻の発売は二〇二五年夏の予定! お楽しみに!

さて、今回はさらにもうひとつ重大なお知らせがあります!

クソゲー悪役令嬢が、小説家になろうにて開催された「第十一回ネット小説大賞」にて、「セカンドチャンス賞」を受賞し、マイクロマガジン様からコミカライズされることになった、と第五巻で報告しましたが!

二〇二五年、五月より、コミックライドｉｖｙにて連載が開始されます!

コミック担当は、美琴アヤ先生です！

現在、監修の立場でキャラデザやネームなどを拝見しておりますが、もうもうもうもう……それはもう……めちゃくちゃ画面がかわいくてですね……！　小説版ではお届けできなかったあんなシーンやこんなシーンがビジュアル化されていて、毎回モニターの前で萌え転がっています！

二〇二五年五月号をお楽しみに！

二〇二五年三月　タカば